Nicolas Lindt

Die Ungehorsamen

Erzählung aus dem Lockdown

Nicolas Lindt

Die Ungehorsamen
Erzählung aus dem Lockdown

lindtbooks

Ein Buch aus der Reihe «lindtbooks»
Umschlagbild: Stephan Hanslin

© 2021 lindtbooks
CH – 8636 Wald
Alle Rechte vorbehalten

Herstellung und Verlag:
BoD – Books on Demand, Norderstedt
ISBN 978-3-7543-4603-7

Vorbemerkung

Dies ist eine beinahe wahre Geschichte aus den ersten Wochen der neuen Zeitrechnung nach Corona. Sie besteht aus drei Teilen. Im ersten Teil schildere ich die Vorgeschichte, wie sie das Brautpaar erlebt hat. Im zweiten Teil komme ich selber ins Spiel. Der Schluss gehört dann wieder Astrid und Chantal.

Mit Rücksicht auf die Beteiligten sind Namen und Ortsangaben geändert worden.

Erster Teil

I

Der Lockdown kam über Nacht, doch er kam nicht von selbst. Auserwählte verordneten ihn für das ganze Volk, unter Berufung auf ein ansteckendes, gefährliches weltweites Virus mit dem schönen Namen Corona, das auch im eigenen Land Zehntausende dahinraffen könnte. Die Universitäten und Schulen wurden geschlossen, die Läden wurden geschlossen, die Lokale wurden geschlossen, die Sportplätze und die Spielplätze, die Seeufer und die Pärke, die Erholung in der Natur, alles wurde verriegelt und abgesperrt. Veranstaltungen wurden verboten, Gottesdienste wurden verboten, Versammlungen, Konferenzen wurden verboten, Besuche in Kliniken, Gefängnissen, Altersheimen wurden verboten. Die Arztpraxen und die Spitäler durften nur noch dringende Fälle behandeln, und die einzigen Läden, die noch geöffnet hatten, waren die Post, die Bank, Apotheken und Lebensmittelgeschäfte. Doch die Zahl der Kunden wurde beschränkt, und an der Kasse oder am Schalter musste eine trennende Plexiglasscheibe vor Ansteckung schützen.

Dringend empfohlen wurde das Desinfizieren der Hände. Dringend empfohlen wurden Gesundheitsmasken. Dringend empfohlen wurde 2 Meter Abstand zu halten. Dringend empfohlen wurde, zuhause zu bleiben und die Wohnung nur für wichtige Besorgungen zu verlassen. Das geschäftliche Leben wurde von einem Tag auf den andern heruntergefahren. Betriebe gingen in Kurzarbeit, andere stoppten die Produktion ganz. Dringend empfohlen wurde Homeoffice.

Vom 20. März an stand das Land still. Und die Gesellschaft zerfiel in Stücke. Zusammensein in grösseren Gruppen, sei es draussen oder zuhause, wurde verboten. Höchstens 5 Personen waren erlaubt.

«Wir sind zwei. Das ist gestattet», sagte Astrid zu Chantal. Sie umarmten sich, als wären sie allein auf der Welt. Sie lachten bitter und weinten, weil ihre Hochzeit geplatzt war. Drei Wochen später, am 11. April, an einem Samstag, dem Jahrestag ihrer Verlobung, hätte sie stattfinden sollen, in einem ehemaligen Grandhotel in den Bergen, eine Spätwinterhochzeit, bei Sonne auf der Terrasse, bei Kälte und Schnee im Kronleuchtersaal, mit 50 Gästen. Nun mussten sie ihren Gästen absagen: Hochzeit verschoben, auf ein noch unbestimmtes neues Datum. Möglicherweise erst nächstes Jahr.

Es war bloss eine Hochzeit. Doch Astrid und Chantal liebten sich. Sie hatten lange gezögert, ihre Liebe zu zeigen. Es hatte sie Mut gekostet.

«Wir feiern die Hochzeit zu zweit. Oder wir laden Tanja und Evelyne ein», sagte Astrid, «und Deborah. Dann sind wir fünf. Fünf ist erlaubt.»

«Nein. So will ich es nicht. Ich wollte es richtig», erwiderte Chantal. Sie weinte noch mehr.

Irgendwann war genug geklagt. Sie mussten sich den neuen Bedingungen stellen. Astrid telefonierte mit ihrem Geschäft, einer Krankenkasse, und es wurde beschlossen, sie könne von zuhause aus arbeiten. Für Chantal dagegen war der Lockdown katastrophal. Als selbständige Physiotherapeutin musste sie ihre Praxis von heute auf morgen schliessen. Die Schliessung traf sie nicht unvorbereitet, sie hatte sie kommen sehen, auch weil Astrid sie davor gewarnt hatte. Doch erst jetzt wurden ihr die Konsequenzen richtig bewusst. Hätte sie noch immer als festangestellte Physiotherapeutin im Spital gearbeitet, wäre ihr Lohn, wie der von Astrid, gesichert gewesen. Die Selbständigkeit, in die sie sich mit Leidenschaft hineingestürzt hatte, wurde ihr nun zum Verhängnis.

Noch ein Grund zum Weinen für Chantal. Doch Astrids Zuversicht trocknete ihre Tränen: «Ich verdiene so viel wie vorher, und wir haben noch das Ersparte. Das reicht für lange. Die Ausgaben für die Hochzeit sparen wir auch. Wir kommen über die Runden.»

Das stimmte. Existenzielle Sorgen mussten sie vorläufig keine haben. Aber die Aussicht, untätig in der Wohnung sitzen zu müssen, fand Chantal schlimm.

«Wir haben endlich mehr Zeit für uns. Füreinander.» Astrid wusste immer eine beruhigende Antwort, das liebte Chantal an ihr. «Schliesslich wollten wir heiraten. Dann ist das jetzt unser Honeymoon.»

Honeymoon auf Balkonien. Normalerweise sahen sie sich an Werktagen morgens nur kurz und dann erst wieder abends. Jetzt aber sind sie den ganzen Tag beieinander. Astrid muss auch jetzt früher aufstehen, um während der Bürozeiten präsent zu sein. Chantal schläft etwas länger. Um neun Uhr, wenn Astrid Pause macht, frühstücken sie zusammen. Mittags bereitet Chantal für beide das Essen zu. Gegen Abend, wenn Astrid ihren PC ausschalten kann, wartet Chantal schon ungeduldig auf sie, und mit ihr wartet auch Bravo, der Hund. Er ist ihr gemeinsames Kind, mittelgross, mit viel Pelz, eine Strassenmischung, die sie vom Tierheim haben. Vorher nahm ihn Chantal in ihre Praxis mit, jetzt bleibt er mit ihnen zuhause.

Zu dritt gehen sie dann spazieren. Sie wohnen in einem Hausteil am Dorfrand, hinter dem Haus beginnen die Felder, hinter den Feldern beginnt der Wald. Als sie zusammenzogen, war für sie beide klar: Wir wollen aufs Land. Sie schlagen den Wanderweg ein, lassen den Hund frei laufen, halten sich an den Händen und reden, und manchmal bleiben sie stehen, und wenn sie sich unbeobachtet fühlen, küssen sie sich.

Astrid würde Chantal auch küssen, wenn Leute vorbeigehen, doch Chantal geniert sich und flüstert: „Astrid, nicht jetzt!" Sie sagt es mit ernster, tadelnder Stimme, damit ihre Liebste aufhört. Doch Astrid küsst sie gleich noch einmal.

Wieder zuhause, angeleitet von einer App, machen sie zusammen Aerobic, und Bravo bellt, weil er mitmachen möchte. Dann essen sie etwas, trinken Wein – Astrid mehr, Chantal weniger –, schalten den Fernseher ein, lesen oder hängen am Smartphone und chatten mit ihren gemeinsamen Freundinnen, die genauso wie sie zuhause sitzen. Manchmal skypen sie auch mit ihren Eltern, Astrid häufiger, Chantal weniger oft, weil vor allem die Beziehung zu ihrer Mutter angespannt ist. Die Mutter hat Chantals Partnerin nie akzeptiert. Nie wirklich.

In den ersten Tagen sehen sie niemanden ausser die Leute im Supermarkt, wenn sie einkaufen gehen. Vorher erledigte Chantal den Einkauf jeweils allein, auf dem Rückweg von ihrer Praxis. Jetzt machen sie es zusammen, damit sie täglich wenigstens einmal unter die Leute kommen. Aber das Einkaufen macht keinen Spass, weil eine strenge Regelung gilt. Nur eine beschränkte Zahl von Kunden darf sich im Laden aufhalten. Deshalb bildet sich vor dem Eingang eine Schlange von Wartenden, die in gebührender Distanz voneinander stumm dastehen und des Augenblicks harren, bis sie den halbleeren Laden endlich betreten dürfen.

Auch im Innern des Supermarkts achten die Menschen darauf, einander nicht nahe zu kommen. Eine ängstliche, unfreie Stimmung herrscht, die noch geschürt wird von einer weiblichen Lautsprecherstimme, welche die Kundschaft alle paar Minuten ermahnt, Abstand zu wahren und beim Betreten und Verlassen des Supermarkts die Hände zu desinfizieren, um sich selbst und die anderen Kunden zu schützen.

Nach ein paar Tagen kann Astrid die Lautsprecherstimme schon nicht mehr hören, bleibt jedesmal mitten im Laden stehen, wenn die Ansage wiederholt wird, und hält sich die Ohren zu, sodass alle es sehen können. Auch Chantal findet die Aufforderung übertrieben, aber mit den Gedanken ist sie bei dem, was sie einkaufen will, und hört gar nicht hin.

Auch auf der Post, wo Astrid ein Paket zurückschicken will, müssen sie draussen warten, weil nur maximal drei Personen im Innern erlaubt sind. Astrid begibt sich dann allein in die Post, darf die Sicherheitslinie am Eingang aber nicht übertreten, bis ein Schalter frei für sie wird. Doch sie steht bereits vor der nächsten Hürde, als die Postangestellte, anstatt sie zu bedienen, sie nur abwartend anschaut. Da erst merkt Astrid, dass sie auch vor dem Schalter selbst hinter eine gelbe Linie zurücktreten muss.

«Aber zwischen Ihnen und mir ist doch die Trennwand aus Glas», wendet sie ein.

«Ich weiss», sagt die Frau, fast entschuldigend, «aber Sie müssen den Abstand trotzdem einhalten.» Sie trägt Plastikhandschuhe, als wäre Astrid eine unhygienische Kundin. Und als Astrid die Post danach so rasch wie möglich verlassen will, folgt eine weitere Hürde. Zum Hinausgehen, ruft ihr die Postangestellte nach, dürfe Astrid nicht den Eingang benützen. Sie müsse den Ausgang bei den Postfächern nehmen.

«Ich werde verrückt», sagt sie draussen zu Chantal, «und ich glaube, ich kann das nicht.»

«Was kannst du nicht?» fragt Chantal, die Astrids Bedrücktheit spürt.

«Mich an all das gewöhnen.»

«Was bleibt uns anderes übrig?» meint Chantal.

Astrid schaut sie entrüstet an. «Vielleicht hast du recht», lenkt sie dann ein. Aber eigentlich teilt sie die Haltung von Chantal nicht. Darin sind sie verschieden. Chantal nimmt die Dinge eher so, wie sie sind. Astrid will sie verändern. In den sechs Jahren, seitdem sie zusammen sind, haben sie deswegen öfters gestritten. Aber sie haben sich auch immer wieder gefunden. Weil jede der anderen etwas geben kann, das ihr fehlt.

Nach einer Woche sind sie der Zweisamkeit überdrüssig. Auch das Skypen und Chatten kann die Begegnungen nicht ersetzen, die sie gewohnt sind. Chantal, der die Decke mehr auf den Kopf fällt, fängt damit an.

«Wir könnten Tanja und Evelyne zu uns einladen», schlägt sie vor, «morgen Samstag, zu einem Nachtessen. Das ist nicht verboten. Oder wir gehen zu ihnen, wenn sie nicht zu uns kommen wollen.»

«Bleiben Sie zuhause!» warnt Astrid mit erhobenem Zeigefinger. Dann lacht sie, und Chantal schreibt Evelyne eine Nachricht. Evelyne wäre eine der beiden Trauzeuginnen gewesen. Chantal hat sie in ihrer Ausbildung zur Physiotherapeutin kennengelernt, die Evelyne später abbrach. Doch da waren sie bereits gute Freundinnen – sicher auch deshalb, weil sie beide auf Frauen stehen. Evelyne war schon damals mit Tanja zusammen, und als sich Chantal in Astrid verliebte, entstand eine Freundschaft zu viert.

Sonst meldet sich Evelyne immer sofort. Diesmal lässt sie sich Zeit mit der Antwort.

«Sie muss es mit Tanja besprechen», glaubt Chantal.

Die Minuten vergehen. Eine Viertelstunde vergeht. Chantal schickt eine zweite Nachricht. Endlich meldet sich Evelyne. Chantal liest vor:

«Wir haben es hin und her besprochen und finden es keine gute Idee. Der Bundesrat sagt, man solle zuhause bleiben und wegen der Infektionsgefahr alle Kontakte vermeiden, die nicht unbedingt notwendig sind. Tanja und ich haben beschlossen, dass wir uns daran halten. Je disziplinierter man ist, desto schneller geht der Virus vorbei. Das solltet ihr auch so sehen. Tut uns echt leid!»

«Was ist das bloss für ein Tonfall», sagt Astrid, «so kenne ich Evelyne gar nicht. Sie tönt wie der Bundesrat selbst. Oder kommt das von Tanja, diese plötzliche Ängstlichkeit? – Tanja war schon immer die brave. Weisst du noch, damals in Kreta, als wir um Mitternacht schwimmen gingen? Alle waren wir nackt. Nur Tanja machte nicht mit.»

Als habe Evelyne es gehört, folgt eine neue Nachricht von ihr:

«Sorry, wirklich. Wir vermissen euch auch. Schrecklich sogar! Und wegen eurer Hochzeit tut es uns leid. Ich habe mich so gefreut, Chantals Trauzeugin sein zu dürfen. Aber wir können uns sicher bald wieder sehen.»

«Schade», seufzt Chantal.

«Mehr als nur schade», sagt Astrid. «Diese übertriebene Vorsicht nervt mich. Wir gehören nicht zur Risikogruppe. Wir sind jung. Warum sollen wir uns nicht zu viert treffen dürfen?»

«Aber sie haben im Fernsehen gesagt», antwortet Chantal, «dass jeder Kontakt die Verbreitung des Virus erleichtere. Hausarrest, wie in Italien, möchte ich uns nicht wünschen. Wir dürfen wenigstens noch ins Freie. Wir dürfen gehen, wohin wir wollen. Wir könnten morgen ins Auto sitzen und übers Wochenende ins Tessin fahren. Theoretisch.»

«Und was willst du dort machen?» fragt Astrid. «Pizza essen im geschlossenen Restaurant? Und wo übernachten? Alles ist zu.»

Sie laden Deborah ein, eine weitere gemeinsame Freundin und die Trauzeugin Astrids. Astrid lernte Debbie im Beachvolleyball kennen. Wegen einer Schulterverletzung musste Astrid als Aktive aufhören, doch sie war eine Topspielerin. In den ersten Jahren, bevor sie durchstartete, bildete sie mit Debbie ein Team. Später spielten sie nicht mehr zusammen. Doch Freundinnen sind sie geblieben.

Debbie, die gerade single ist, freut sich über die Einladung. Sie hat keine Angst vor Corona und sie bringt Tim, ihren Bruder mit, mit dem sie zusammenwohnt. Etwas Abwechslung braucht auch er. Astrid macht Pizza, Chantal die Vorspeise, Tim und Debbie bringen das Dessert, dazu trinken sie Wein. Nach den langen, abwechslungslosen Tagen zuhause ist das Bedürfnis, zu reden, gross. Chantal und Astrid geben ihrer Enttäuschung Ausdruck, dass ihre Hochzeit dem Lockdown zum Opfer fällt, und Deborah bedauert es ebenso. Es tut ihr leid für Chantal und Astrid, die ihre Freundinnen sind, und ausserdem ist sie selber enttäuscht, weil sie an der Hochzeit Gelegenheit gehabt hätte, ihre heimliche Liebe Alicia wiederzusehen.

Vom Thema Hochzeit kommen sie auf das Virus zu sprechen und ob es wirklich gefährlicher als eine Grippe ist. Chantal findet die grosse Zahl Infizierter in so vielen Ländern bedenklich, doch Debbie erwidert, die Infiziertenzahlen seien nur deshalb so hoch, weil eben viel mehr Leute getestet würden als bei Grippeviren in früheren Jahren.

«Und vor allem», sagt Debbie, «bedeutet infiziert noch lange nicht krank. Die meisten, die das Virus mit sich herumtragen, merken davon fast oder gar nichts. Diese Zahlen machen mir deshalb noch keinen Eindruck.»

Deborah beschäftigt sich engagiert mit der Materie, doch das sind sich die andern von ihr gewohnt. Sie arbeitet in einer Kommunikationsagentur und war schon immer ein kritischer Mensch.

«Aber die vielen Toten», sagt Chantal, «findest du das nicht schlimm?»

«Wenn jemand stirbt», antwortet Debbie, und sie redet wie immer sehr klug, «ist das natürlich traurig. Aber ich habe gelesen, dass fast alle bisher Verstorbenen 80 und älter waren, im Ausland ebenso wie bei uns.» Deborah hat sich in Fahrt geredet. «Die meisten waren schon vorher krank. Oder körperlich schwach und gebrechlich. Weil sie aber positiv auf das Virus getestet wurden, heisst es dann: Sie sind am Virus gestorben. So macht man den Leuten Angst. Man zählt alle Toten mit einem positiven Testergebnis zusammen und bezeichnet sie als Corona-Tote. Dann sieht es wie eine Pandemie aus. Und die Angst macht die Leute gleich noch mehr krank.»

«Aber warum wollen sie, dass wir Angst haben?» fragt Chantal. Sie hat in den letzten Tagen gemerkt, dass auch sie verunsichert ist.

Astrid schaltet sich ein: «Damit man uns besser unter Kontrolle hat! Damit wir gehorchen! Alle schlucken die Massnahmen ohne Widerspruch. Alle bleiben zuhause. Hätte mir jemand vor einem Monat gesagt, dass im ganzen Land sämtliche Schulen, die Restaurants und die Geschäfte, die Sportplätze und sogar die Seepromenaden geschlossen sind, und hätte mir jemand gesagt, dass niemand mehr ein- oder ausreisen darf, dann hätte ich laut herausgelacht.»

Chantal zweifelt noch immer. «Vielleicht ist es sinnvoll, dass wir alle zuhause bleiben, damit sich das Virus nicht noch mehr verbreiten kann. Das leuchtet mir ein, auch wenn ich diesen Hausarrest schrecklich finde. Und auch wenn ich im Moment nichts verdiene.»

«Was du sagst», entgegnet ihr Deborah, «ist die Haltung des Bundesrats und die Haltung seiner Experten. Das sind Virologen, die im Auftrag des Bundes ihre Gutachten und Empfehlungen machen. Und weil der Bund sie bezahlt, sagen sie, was der Bundesrat hören will. Aber es gibt auch unabhängige Stimmen, Virologen, Epidemiologen, die eine total andere Meinung haben. Sie finden es völlig falsch, dass die ganze Gesellschaft weggesperrt wird, nur um die Risikogruppe der Alten und Kranken zu schützen. Sie finden im Gegenteil, dass sich das Virus verbreiten *muss,* damit ein möglichst grosser Teil der Gesellschaft dagegen immun werden kann. Von Schweden habt ihr sicher gelesen. Dort läuft das öffentliche Leben mehr oder weniger normal weiter."

«Wow, Debbie», sagt Chantal, «woher weisst du das alles? Und warum bist du so sicher, dass die andere Meinung die richtige ist?»

«Dass es andere Stimmen gibt», sagt Astrid zu Chantal, «habe auch ich dir erzählt. Und ich sagte dir auch, dass du nicht alles glauben sollst, was die Experten im Fernsehen sagen.»

«Ja, aber du hast es von Debbie. Sie hat dir die Links geschickt und beliefert dich auf Facebook mit den neuesten Informationen.» Chantal gefällt es, ihre Verlobte ein wenig eifersüchtig zu machen.

«Im Fernsehen und in der Presse hörst du nur immer die eine Seite», sagt Debbie. «Wenn du die Wahrheit erfahren willst, kommst du nicht um die anderen Medien herum.» Auf YouTube werde sie täglich fündig. Warum beispielsweise die WHO, die Pharmaindustrie und Bill Gates, der Microsoft–Milliardär, am Corona–Virus ein so grosses Interesse hätten, das erfahre man nirgendwo sonst.

«Hab’ ich ihr alles erzählt», winkt Astrid ab, «aber sie glaubt es mir nicht.»

«Ich sage nicht, dass ich dir diese Dinge nicht glaube», erwidert Chantal, «aber es geht mir zu weit. Dann kann ich es nicht mehr hören.»

«Ich kann es manchmal auch nicht mehr hören», lässt sich Tim jetzt vernehmen, «Meine belesene grosse Schwester redet ständig davon. Sogar schon beim Frühstück, wenn ich noch nicht einmal wach bin.»

Die grosse Schwester verteidigt sich. Sie findet das alles wichtig, er etwa nicht? Seit dem Zweiten Weltkrieg habe der Bundesrat nie mehr Notrecht beschlossen. «Das ist siebzig Jahre her! Jetzt kann er alles allein entscheiden. Die Demokratie ist aufgehoben, für wie lange, wissen wir nicht. Und der Grund dafür ist ein Grippevirus! Ein Grippevirus, wie er in der Winterzeit jedesmal vorkommt. Als wäre der Virus ein Krieg, der uns bedroht.»

Deborah findet die ganze Entwicklung erschreckend, und Astrid pflichtet ihr bei. Chantal meint, sie wisse noch immer nicht, was sie glauben solle. Und Tim widmet sich seinem Smartphone. Sie reden noch eine Weile weiter, bis Astrid schliesslich ein Brettspiel hervorholt. Denn ein Spielabend war doch der Plan. Aber das Spiel ist dem Ernst gewichen, dem Ernst der Lage, den sie alle nicht wollen, der sich aber nicht wegschicken lässt.

II

Auch in den folgenden Tagen versuchen sich Astrid und Chantal an die neue Situation zu gewöhnen und das Positive zu sehen. Und positiv wäre doch eigentlich, dass sie noch nie soviel Zeit miteinander verbringen konnten wie jetzt. Sie sagen das auch zueinander, doch es nützt ihnen nichts. Denn mit jedem weiteren Tag zuhause wächst vor allem bei Chantal die Unsicherheit, wie es finanziell bei ihr weitergehen soll.

Vom staatlichen Angebot, Selbständigerwerbende mit einem Erwerbsersatz über die Runden zu helfen, hat sie natürlich Gebrauch gemacht und die nötigen Unterlagen mit Astrids Hilfe zusammengestellt und eingereicht. Doch sie hat keine Ahnung, wann sie mit dem Geld rechnen kann und wieviel sie bekommen wird. Denn ihre eigene Praxis hat sie erst seit knapp einem Jahr. Vielleicht genügt das noch nicht, um Erwerbsersatz zu erhalten.

Immerhin hat sie gespart, bevor sie sich selbständig machte. Deshalb gelang es ihr, während der ersten Zeit ihrer Praxis ohne fremde Hilfe über die Runden zu kommen. Zwar anerbot sich Astrid, als sie zusammenzogen, vorerst die ganze Miete und auch die Haushaltkosten zu übernehmen. Aber das wollte Chantal auf keinen Fall, sie wollte nicht abhängig sein. Umso mehr ärgert es sie, dass ihre Liebste jetzt vielleicht doch für sie einspringen muss. Denn von ihrem Ersparten ist nicht mehr viel übrig, und wie Chantal die nächste Miete für ihren Praxisraum aufbringen soll, weiss sie nicht.

Für ihre Website hat sie ein Video aufgenommen, um ihren Kundinnen online zu demonstrieren, wie sie zum Beispiel mit einfachen Übungen ihre Rückenbeschwerden lindern können. Sie bietet ihnen auch an, solche Übungen via Skype mit ihnen zusammen zu machen, doch bis jetzt haben sich nur vereinzelte Interessierte bei ihr gemeldet. Mehrmals pro Woche begibt sie sich in die Praxis, um den Raum neu zu gestalten und sich mit Tutorials weiterzubilden. Aber auch dies bringt kein Geld, und die Tutorials kann Chantal ebenso gut zu Hause machen.

Von Zukunftsängsten bedrängt, und weil sie viel freie Zeit hat, beginnt sich auch Chantal vermehrt im Internet umzusehen. Dem Beispiel von Debbie und Astrid folgend, entwickelt sie ein wachsendes Interesse an all den alternativen Berichten, Interviews und Videoblogs, die sie zum Thema findet. Zwischen ihr und Astrid beginnt ein täglicher Wettstreit um die neuesten Informationen: Hast du das schon gesehen? Hast du jenes gelesen? Musst du dir unbedingt anschauen! – Doch sie gehen unterschiedlich mit ihren Erkenntnissen um. Während Astrid, nicht anders als Debbie, das vom Staat verordnete Notrecht immer kritischer sieht, bleibt Chantal in ihrer Haltung gespalten und informiert sich auch nach wie vor in den regierungstreuen Kanälen und Medien.

Dann sitzen sie auf dem Bett, Chantal mit dem PC auf ihren Knien, und geraten in heftige Diskussionen, Astrid will Chantal davon überzeugen, das gleiche wie sie zu denken, Chantal will aber nicht, beide werden emotional und beharren auf ihrer Meinung – bis Astrid den Arm um ihre Verlobte legt und lacht und sagt:

«Das liebe ich, wenn du so wütend wirst.»

Chantal bestreitet, wütend zu sein, aber Astrid küsst sie und hindert sie daran, weiterzureden. Chantal lässt es geschehen – doch plötzlich vergräbt sie den Kopf an der Schulter Astrids, und Astrid spürt, dass sie weint.

«Was hast du?» fragt sie besorgt und drückt ihre Freundin an sich.

Chantal hebt ihren Kopf, tupft sich die Tränen ab und blickt Astrid herausfordernd an. «Jetzt bin ich wirklich wütend, und weisst du warum? Weil wir die ganze Zeit nur über dieses Corona reden – obwohl wir doch etwas ganz anderes wollten. Wir wollten heiraten!»

«Stimmt. Du hast recht.» Astrid senkt betroffen den Blick. «Ich glaube, ich verdränge es einfach. Weil es sonst weh tut.»

«Ich kann es nicht so verdrängen wie du. Ich denke ständig daran. Hast du überhaupt gemerkt, was heute für ein Tag ist? Heute hätten wir unseren Termin auf dem Standesamt. Dass wir ihn absagen mussten, finde ich nicht so schlimm. Wir dürfen ja sowieso nicht heiraten, ich meine: nicht standesamtlich heiraten. Aber genau deshalb war mir die Hochzeit so wichtig. Unsere feierliche Hochzeit, Astrid, an unserem Tag! Der 11. April bleibt für mich ein magisches Datum. Ich habe mich so auf die Trauung gefreut. Ich habe mir alles so wunderschön ausgemalt. Und ich tue es immer noch.» Sie will zu einem Taschentuch greifen. Astrid küsst ihr die Tränen weg. Neue quellen hervor.

«Kindisch, nicht wahr?» lächelt Chantal und kommt gleich wieder ins Schluchzen. «Ich führe mich auf wie die letzte Hollywoodbraut. Und ja, ich weiss, wir werden die Hochzeit irgendwann nachholen. Irgendwann – oder nie.»

«Wir werden sie bestimmt nachholen», antwortet Astrid. Auch in ihren Augen glitzert es jetzt, aber sie will sich zusammennehmen. «Das haben wir uns versprochen. Wir müssen nur warten, bis die ganze Corona–Geschichte vorbei ist. Dann finden wir einen neuen Termin. Dann wird es uns bestimmt auch gelingen, uns wieder zu freuen.»

Chantal beruhigt sich, und auf einmal lächelt sie, als würde sie etwas verraten wollen: «Eigentlich sollte es bis zuletzt ein Geheimnis bleiben, aber jetzt will ich's dir sagen: Ich habe bereits ein Kleid für die Hochzeit.»

Astrid rückt erstaunt von ihr ab. «Wollten wir das nicht zusammen aussuchen?»

«Ich konnte nicht länger warten. Du hast es immer hinausgeschoben. Am Ende hätten wir in den Jeans geheiratet. Da bin ich mit Deborah losgezogen. Sie hat mir geholfen.»

Astrid kann schlecht verbergen, dass sie betupft ist. Aber es stimmt, sie hat das Thema hinausgeschoben, weil sie nicht wusste, was sie selber anziehen würde.

Jetzt wird sie neugierig. «Zeigst du es mir, das Kleid? – Nein, zeig es mir nicht», entscheidet sie dann.

«Ich würde es dir sowieso nicht zeigen», sagt Chantal, «ausserdem ist es gut versteckt, an einem sicheren Ort. Aber ich verrate dir, wie es *nicht* aussieht. Und ich habe mir auch Gedanken zu deinem Outfit gemacht.»

Sie reden über Hochzeitskleider, als wäre die Hochzeit nicht abgesagt, und sie gönnen sich danach einen Film, den sie zwar beide schon kennen, der sie aber vergessen lässt, wie bedrückend im Moment alles ist. *Die Braut, die sich nicht traut* heisst der Film – doch kaum hat er angefangen, drückt Chantal unerwartet auf STOP, wendet sich ihrer Liebsten zu und sagt:

«Versprich mir, dass das Virus nicht unser Leben bestimmen darf. Versprich mir, dass wir unsere Liebe schützen.»

Überrascht von Chantals Ernsthaftigkeit, ist Astrid einen Augenblick sprachlos. Dann fasst sie sich. «Ja. Ich verspreche es. Weil ich dich liebe. Und wir werden heiraten.»

III

Am folgenden Tag, als sie wie üblich mit Bravo spazieren gehen wollen, ist der Wanderweg, der in ihrer Nähe beginnt, mit rotweissen Bändern versperrt. Sie haben gelesen, dass beliebte Naherholungsgebiete überall nicht mehr zugänglich sind, damit sich die Menschen nicht nahe kommen und sich entscheiden, zu Hause zu bleiben. Ausserdem hat Chantal gesehen, dass die Schulhausanlage abgesperrt ist, der Spielplatz im Zentrum des Dorfes und die Bänke im kleinen Park. Sie hat es Astrid erzählt, und Astrid hat nur den Kopf geschüttelt und ihr Unverständnis zum Ausdruck gebracht.

Jetzt stehen sie vor den rotweissen Bändern, und Bravo schaut sie erwartungsvoll an, warum sie nicht weitergehen. Astrids Miene verrät ihren Unmut.

«Siehst du das?» sagt sie und zeigt auf die Absperrung. «Spinnen die jetzt total?»

Chantal bleibt ruhig, streichelt den wartenden Bravo und zuckt die Achseln. «Ich sehe es», antwortet sie, «und ich finde es genauso daneben wie du. Doch ehrlich gesagt, erstaunt es mich nicht, nachdem sie schon im Dorf alles versperrt haben.»

«Doch, mich erstaunt es. Schliesslich sind wir hier auf dem Land. Und ich dachte, hier läuft es weniger streng als in der Stadt. Aber dass sie sogar die Wanderwege absperren müssen, das macht mich wütend. Richtig wütend.»

Sagt es und drückt das Absperrband nieder, um es zu übersteigen. Chantal will Astrid zurückhalten, lässt sie dann aber machen und steigt selber über das Band, nachdem sie sich vergewissert hat, dass sie niemand beobachtet. Befreit, als hätten sie eine Last abgeschüttelt, schreiten sie aus und geben sich verschworen die Hand. Bravo springt übermütig vor ihnen her. Über den zurückeroberten Weg scheint auch er ganz erfreut zu sein.

Plötzlich bleibt Astrid stehen, löst sich aus Chantals Hand und sagt: «Wir heiraten trotzdem. Genau wie geplant.»

Chantal schaut sie verständnislos an: «Wie meinst du das – wir heiraten trotzdem?»

Astrid lächelt herausfordernd. In ihrer Miene blitzt so etwas wie Kampfeslust auf. «So wie wir dieses Absperrband überstiegen haben: Wir machen unser Hochzeitsfest trotzdem. Wir laden alle unsere Gäste ein, genau an dem Tag, an dem die Hochzeit geplant war. Am 11. April. Trotz Versammlungsverbot.»

«Bist du verrückt?» sagt Chantal. «Wie stellst du dir das vor? Und vor allem, *wo*?»

«Vielleicht bin ich verrückt. Aber ich lasse mir von denen nicht alles verbieten. Vor allem nicht, wenn ich den Sinn des Ganzen nicht sehe. Wir sind gesund, unsere Freunde sind gesund – warum also soll die Hochzeit verschoben werden? Ich will dich *jetzt* heiraten, Chantal, du willst es auch, und ich weiss auch schon einen Ort.»

«Und wo ist dieser Ort?» fragt Chantal ungläubig.

Jetzt zögert Astrid ein wenig. «Du weisst doch – Deborahs Ferienhaus. Debbie macht bestimmt mit. Und ich kann mir nicht vorstellen, dass ihr Bruder dagegen ist.»

Deborah und Tims Eltern haben ihren Kindern das Ferienhaus ihrer Grosseltern überlassen. Es steht im Toggenburg, weit weg vom nächst gelegenen Dorf, und diente bis in die Sechziger Jahre des letzten Jahrhunderts als Schulhaus. Die Grosseltern kauften es, als das Schulhaus nicht mehr gebraucht wurde. Sein einsamer Standort auf einem Hügel wurde ihnen damit erklärt, dass das Haus für die Kinder mehrerer abgelegener Höfe und Aussenwachten gebaut worden war. Die Grosseltern hatten genau so etwas gesucht. Sie leiteten einen anthroposophischen Lesekreis und veranstalteten in den folgenden Jahren Studientage und Ferienkurse im alten Schulhaus,. Das geräumige Klassenzimmer war wie für ihre Zwecke gemacht.

Noch zu Lebzeiten hatten die Grosseltern testamentarisch verfügt, dass das eigentümliche alte Haus im Familienbesitz bleiben müsse. Nun gehört es der Enkelin und dem Enkel, die es seiner speziellen Lage wegen allerdings nur sehr sporadisch nutzen. Dennoch waren auch Astrid und Chantal schon eingeladen. Mit Debbie und anderen Freundinnen verbrachten sie in der ehemaligen Lehrerwohnung im oberen Stock bereits mehrere Wochenenden, und im Schulzimmer haben sie Debbies 30. Geburtstag gefeiert.

«Die Lage des Hauses ist ideal», schwärmt Astrid, «niemand wird etwas merken. Und im Klassenzimmer haben 30 bis 40 Personen problemlos Platz. Dort machen wir die Trauung und später das Essen.»

«Wir hatten aber 50 Gäste auf unserer Liste», erwidert Chantal, und es ist nicht ihr einziger Einwand. Sie findet Astrids Idee verrückt. Doch sie weiss auch, dass ihre Liebste nicht mehr zu bremsen ist, wenn sie einmal in Fahrt kommt.

«Wir müssen in Kauf nehmen, dass vermutlich nicht alle teilnehmen wollen», sagt Astrid. Sie redet, als hätte sie ihren Plan schon genau überdacht. Sie erwähnt Tanja und Evelyne, die bestimmt nicht mitmachen würden, und sie zählt einige weitere Freundinnen auf, die ihre Wohnungen nur noch verlassen, wenn es unbedingt nötig ist.

«Ich will aber, dass sie alle dabei sind», widerspricht Chantal. «Sie gehören zu unserem Freundeskreis, auch wenn sie zum Virus eine andere Meinung haben als wir.»

Astrid stimmt ihr zu. Und sie hofft natürlich, dass es gelingen wird, alle eingeladenen Gäste für die Idee zu gewinnen. Sie argumentiert, dass eine Hochzeit einmalig ist. Ein solches Fest wolle niemand verpassen. Doch Chantal glaubt nicht daran. Sie liebt Astrids Zuversicht, ihre Begeisterungsfähigkeit. Diesmal jedoch lässt sie sich nicht davon anstecken.

«Auch unsere Eltern werden nicht kommen wollen.»

«Woher willst du das jetzt schon wissen? Auf meine Eltern werden wir zählen können.» Astrid sagt es mit Überzeugung. «Meine Eltern finden das spannend. Sie finden alles spannend, was ihr Einzelkind macht. Und sie stehen der ganzen Virus–Geschichte genauso kritisch gegenüber wie wir. Du weisst, wie wütend es meine Mutter macht, dass sie meine Grossmutter im Moment nicht besuchen darf. Sie würde es am liebsten trotzdem tun. Und sie möchte auch uns besuchen. Am nächsten Samstag, hat sie gesagt. Ebenso werden sie an die Hochzeit kommen. Und wenn deine Eltern erfahren, dass *meine* Eltern dabei sein werden, können sie nicht zu Hause bleiben.»

«Doch, das können sie», meint Chantal fast trotzig. Über ihre eigenen Eltern weiss sie besser Bescheid. Während Astrids Eltern ein Architekturbüro haben, ist Chantals Vater vom Lehrer zum Schulleiter aufgestiegen. Er hält sich an die staatlichen Anweisungen, und auch ihre Mutter schickt sich in die Situation, obwohl es ihr weh tut, dass sie ihre Grosskinder – die Kinder von Chantals Brüdern – wegen des Lockdowns nicht sehen darf.

Dass ihre einzige Tochter heiraten wird, war für die Mutter ohnehin ein Problem. Sie tat sich von Anfang an schwer damit, weil sie Astrid nicht mag und weil sie noch immer nicht ganz geschluckt hat, dass an Chantals Seite kein Mann steht. Als die Hochzeit abgesagt werden musste, war die Mutter darüber nicht unglücklich, und sie gab dies Chantal auch zu verstehen. Sie hoffte, der Aufschub würde bei ihrer Tochter zu einer Sinnesänderung führen.

«Eine Hochzeit in der jetzigen Situation würde meine Mutter nicht unterstützen. Mein Vater auch nicht.» Chantal überlegt einen Augenblick. «Und ehrlich gesagt, weiss ich selber nicht, ob ich das wirklich will.»

Sekundenlang ist es still zwischen ihnen. Sie schauen sich an, betroffen und distanziert. Dann fällt Chantal ein: «Ausserdem – wer würde uns trauen? Wir haben Nicolas abgesagt.»

«Er wäre dabei», sagt Astrid unvermittelt und geniesst die Überraschung in Chantals Gesicht. «Als ich ihn wegen der Absage anrief, meinte er, wir könnten uns jederzeit bei ihm melden, falls wir die Hochzeit trotzdem durchführen wollten. Er käme auf jeden Fall. Ich dankte ihm für das Angebot, aber ich sagte, dazu werde es leider nicht kommen. Du weisst, dass ich damals selber noch wie gelähmt war. Doch er machte mir Mut und meinte: Eigentlich müsste man jetzt erst recht heiraten.»

Astrid macht eine Pause, um diesen letzten Satz etwas wirken zu lassen. Dann fährt sie fort: «Nicolas lachte, als er das sagte. Aber ich glaube, er hat es ernst gemeint.»

Zweiter Teil

I

Ich meinte es ernst, als ich zu Astrid sagte, gerade jetzt müsste man heiraten. Sicher auch, weil ich enttäuscht war. Ich hatte mich auf die Trauung gefreut, besonders gefreut, weil ich noch nie ein lesbisches Paar verheiratet hatte. Ich empfand es als eine Herausforderung, für Chantal und Astrid die richtigen Worte zu finden. Und obwohl ich wegen der ganzen Corona–Sache mit einer Absage hatte rechnen müssen, war mein Bedauern gross, als Astrid mir anrief, um mir zu sagen, dass sie die Hochzeit verschoben hatten. Ich merkte auch ihr die Enttäuschung an, und sie sprach es aus. Sie sagte mir, sie sei traurig und wütend zugleich.

«Ich habe volles Verständnis», erwiderte ich und sagte ihr ganz direkt meine Meinung zum Lockdown. Ich hatte der Sache von Anfang an nicht getraut. Nachdem sich der Virus nicht nur in China, sondern auch in Europa verbreitete und in Italien offenbar zahlreiche Opfer forderte, war auch ich zwar verunsichert. Dass in Bergamo all die Toten sogar vom Militär abtransportiert werden mussten, war erschreckend. Man wusste damals noch nicht, wie diese Bilder zustande gekommen waren.

Als ich dann aber im Internet erste Stellungnahmen von unabhängigen Wissenschaftlern entdeckte, die den Virus als eine Art starke Grippe beschrieben, wie sie jeden Winter auftreten kann, wurde ich misstrauisch, ob mir die Medien die Wahrheit sagten. Die täglichen Horrorberichte von immer mehr Toten, immer mehr Infizierten und total überfüllten Spitälern standen in einem krassen Kontrast zu den alternativen Berichten, aber auch zu meiner persönlichen Wahrnehmung. Weder in meiner Familie, noch in meiner Verwandtschaft noch in meinem Bekanntenkreis häuften sich plötzlich Fälle von Corona–Erkrankten.

Mehr und mehr bekam ich den Eindruck, dass der Virus für die Behörden auch in unserem Land eine ideale und in ihrem Ausmass einzigartige Gelegenheit war, regieren und verwalten zu können, ohne das Volk und die Politiker ständig um Erlaubnis fragen zu müssen.

Jeder Mensch, der etwas entscheiden kann, möchte möglichst ungehindert entscheiden können, wenn er sich kompetent dafür glaubt. Und er strebt ganz natürlich danach, seine Befugnisse zu erweitern. Freiwillig auf Macht zu verzichten, erfordert eine menschliche Reife, die nicht jedem gegeben ist. Hat der Mensch einmal Macht, möchte er mehr Macht.

Wieviel Kompetenz er besitzt, spielt dabei keine Rolle. Andere haben vielleicht mehr Weitblick als er. Doch er hat die Macht. Er darf entscheiden.

Am Anfang, so wurde mir klar, hatte tatsächlich der Virus dazu geführt, dass die Behörden zum Notrecht griffen und die Demokratie bis auf weiteres ausser Kraft setzten. Sie wollten nichts falsch machen. Sie wollten gut dastehen. Sie wollten auch vor dem Ausland gut dastehen. Und sie wollten sich später nicht sagen lassen, sie hätten versagt. Sie wollten natürlich um jeden Preis ihre Pöstchen behalten. Doch von da an wurde der Virus zum blossen Vorwand. Von da an ging es um Macht. Und um die Macht zu verteidigen und zu erweitern, mussten alle Meldungen über Corona nach einem einzigen Kriterium ausgewählt und gefiltert werden: dem Kriterium des Schreckens.

Die Gefährlichkeit des Virus musste täglich von neuem bewiesen werden. Er musste als Seuche erscheinen, die sich jederzeit weiterverbreiten konnte, auch dann noch, als bereits feststand, dass die Zahl der Toten nicht markant grösser war als in anderen Wintern. Die Beruhigung der Lage musste vermieden werden, denn sie hätte dazu geführt, dass die Behörden ihre ausserordentlichen Befugnisse wieder hätten zurückgeben müssen.

Das wollten sie nicht. Das wollten sie eigentlich nie mehr. Und die Sensationsgier der Medien war für sie eine grosse Hilfe. Denn auch die Medien entdeckten die grosse Chance, die ihnen Corona bot. Der Virus bescherte ihnen ganz unerwartet höhere Einschaltquoten, eine unversiegbare Quelle dramatischer Bilder und News – und die verführerische Gelegenheit, das Denken und die Ängste der Menschen wie nie zuvor zu beeinflussen. Endlich mussten die Medienleute nicht mehr nur informieren – sie durften erziehen, ermahnen, drohen, erschrecken, trösten, wie es ihnen gerade gefiel. Ihre journalistischen Prinzipien verratend, genossen auch sie die süsse Versuchung der Macht. Und der Staat belohnte sie für ihren Verrat mit dem Köder finanzieller Versprechen.

Solche Gedanken begleiteten und bewegten mich seit den ersten Tagen der vermeintlichen Pandemie. Auf neu entstehenden Facebook–Seiten fand ich immer weitere Schilderungen und Nachrichten, die mich darin bestätigten, dass ich von Anfang an richtig gelegen hatte. Corona mochte ein ernstzunehmender Virus sein, doch ein Killervirus, eine Tod und Verderben bringende Seuche war dieses Covid–19 bestimmt nicht.

Eine Geschichte, die mich besonders berührte, war der Fall einer 109jährigen alten Dame, die in einem Altersheim in der Stadt St. Gallen wohnte. Sie hiess Francesca, und sie blickte auf ein langes und wechselvolles Leben zurück. Auf einem Bauernhof im italienischen Friaul geboren und aufgewachsen, zog sie, als sie erwachsen wurde, nach Mailand, verdingte sich dort als Dienstmagd, lernte bald darauf ihren Mann kennen und folgte ihm in den Sechziger Jahren zu uns in die Schweiz, wo er schon etliche Jahre als Saisonarbeiter tätig war.

Die Ostschweiz wurde zur neuen Heimat Francescas, und auf ihre drei Kinder folgten acht Enkelkinder und sieben Urenkelkinder. Sie überlebte ihren Mann viele Jahre und wohnte zuletzt in St. Gallen in einem Alterszentrum.

Trotz einiger Altersgebrechen behielt sie ihre Selbständigkeit und eine ungebrochene geistige Kraft. Noch an ihrem 109. Geburtstag wurde sie als älteste Einwohnerin der Stadt vom «St. Galler Tagblatt» mit einem Porträt gewürdigt, das besonders ihre erstaunliche Jugendlichkeit hervorhob. Vier Monate später nun, am Gründonnerstag, starb Francesca

Placereani nach kurzer Leidenszeit mitten im Lockdown. Mit dem Virus infiziert sei sie nicht gewesen, wurde ihre Familie im Tagblatt zitiert – doch die coronabedingte Isolation habe ihr zugesetzt. Ohne die gewohnten Besuche ihrer Angehörigen sei sie verkümmert.

Ihre Geschichte, die auf einer Facebookseite verbreitet wurde, machte mich traurig und wütend zugleich. Die alte Dame starb nicht an Corona, sondern an den Folgen des Lockdowns, der sie von einem Tag auf den andern ihrer sozialen Kontakte beraubte. Ohne Besuchsverbot und Isolation hätte Francesca weitergelebt, im Kreis ihrer Liebsten, bevor sie dann eines Tages an Altersschwäche friedlich gestorben wäre.

Immer neue Berichte von Angehörigen schilderten ähnliche Schicksale. Eingeschlossen in der Einsamkeit ihrer Ghettos und Krankenzimmer, blieben Alte und Kranke sich selbst und ihrer Angst überlassen. Das war das wahre Leid, das durch Corona über die Menschen hereinbrach.

Doch der vom Staat beschlossene Notstand traf nicht nur jene, die am Ende ihrer Lebenszeit standen. Er traf auch Jüngere, auch Berufstätige – er traf sogar mich. Ich hatte ein neues Buch veröffentlicht, doch die Vernissage für das Buch musste auf ein unbestimmtes neues Datum verschoben werden. Einladungen zu Lesungen konnte ich keine erwarten, und ebenso betroffen war ich in meinem zweiten Beruf als Ritualgestalter. Die Trauung von Astrid und Chantal war nicht die einzige, die abgesagt worden war. Weitere Brautpaare meldeten sich bei mir, um mir mitzuteilen, dass sie ihre Hochzeit verschoben hatten. Eltern strichen die bereits mit mir vereinbarte Taufe. Sogar Abdankungen durften keine mehr stattfinden. Erlaubt war nur noch eine Andacht am Grab im allerengsten Familienkreis.

Anspruch auf Erwerbsersatz hatte auch ich angemeldet, doch wieviel ich bekommen würde – wenn überhaupt –, wusste ich nicht. Vor allem wollte ich dieses Almosen gar nicht. Ich war es gewohnt, mit meinem selber verdienten Geld zu unserem Einkommen beizutragen. Die plötzliche Unmöglichkeit, verdienen zu können, weckte ein Ohnmachtsgefühl in mir, das ich nicht kannte. Ich wollte handeln. Stattdessen blieb mir nicht viel anderes übrig, als abzuwarten.

Immerhin hatte ich Zeit zum Schreiben wie schon lange nicht mehr. Aber die Ungewissheit nagte an meiner Inspiration. An manchen Tagen war ich recht niedergeschlagen – nicht so sehr wegen meiner persönlichen Situation, sondern weil ich noch immer nicht wirklich fassen konnte, was gerade mit uns geschah.

Das eigenmächtige Vorgehen der Regierung und ihrer Behörden, diese plötzliche Selbstverständlichkeit, niemandem Rechenschaft schulden zu müssen, hatte ich bisher noch nie erlebt. Das kannte ich nur aus diktatorisch regierten Staaten. Auch die Angstmacherei in den Medien empfand ich als eine Hetze, wie ich sie in diesem Ausmass hierzulande nicht für möglich gehalten hatte. Dass eine ganze Berufsgruppe so tief sinken konnte, war für mich immer noch kaum begreiflich.

In einem dieser Augenblicke voller Nachdenklichkeit meldete sich mein Telefon. Am Apparat war Astrid, und sie kam ohne grosses Vorwort zur Sache.

«Als ich dir anrief, um abzusagen», begann sie, «hast du mir doch gesagt, jetzt erst recht müsste man heiraten. Und dann hast du gesagt, du würdest uns trotzdem trauen. Meinst du das immer noch ernst?»

«Ja, klar», erwiderte ich überrascht, «wollt ihr denn trotzdem heiraten?»

«Genau», bestätigte Astrid, und ihre Stimme klang stolz und entschlossen. «Am 11. April. Trotz Lockdown.»

«Wirklich?» fragte ich ungläubig. «Ihr wollt es wirklich durchziehen?»

«Wir haben es uns überlegt, und wir fanden: Wir haben uns so gefreut auf die Hochzeit, dass wir sie nicht verschieben wollen. Ausserdem wissen wir nicht, wann wir sie nachholen könnten. Vielleicht geht das noch lange so weiter mit diesem Virus. Zuletzt heiraten wir überhaupt nicht mehr. Oder nur auf dem Standesamt. Aber du weisst ja: Die eingetragene Partnerschaft ist für uns ein rein bürokratischer Akt. Eigentlich zählt nur die Hochzeit für uns. Die feierliche Trauung. Mit dir!»

Ich brauchte keine Bedenkzeit. «Ich bin dabei», sagte ich. Die Trauung trotzdem zu machen, gab mir das gute Gefühl, dem Staat nicht mehr ausgeliefert zu sein. Astrid und Chantal mitten in diesem Lockdown zu trauen, war ein Protest. Mein Protest gegen die Eigenmächtigkeit der Regierung.

Doch als erstes wollte ich wissen, wo die Hochzeit geplant war. Und wie sie das Ganze verwirklichen wollten? – Darauf erzählte mir Astrid voller Begeisterung vom kleinen Schulhaus im Toggenburg, und von Deborah, ihrer Trauzeugin, die das Haus zusammen mit ihrem Bruder besitze und den Plan unterstütze. Das Ganze sei natürlich noch lückenhaft und nicht bis ins Letzte durchdacht, und auch die Hochzeitsgäste seien noch nicht informiert.

«Wir wollten sicher sein, ob du dabei bist», erklärte Astrid, «ohne dich könnten wir es nicht machen.»

«Auf mich könnt ihr zählen, auf jeden Fall», wiederholte ich, gab jedoch Astrid recht, dass es noch viel zu besprechen gab. Nicht am Telefon. Wir mussten uns noch einmal treffen.

Eines aber wollte ich sofort wissen: «Steht auch Chantal hinter dem Plan? Ich finde wichtig, dass ihr das beide wollt. Zu hundert Prozent.»

Astrid gab offen zu, dass die Idee von ihr kam. Sie habe Chantal schon überreden müssen. «Chantal glaubte nicht, dass es klappen würde. Sie war nicht wirklich dagegen, aber sie zählte alle Bedenken auf, die sie hatte. Sie meinte, du würdest nicht kommen wollen, die Gäste würden nicht kommen, wir würden entdeckt und vor Gericht enden.»

Astrid fuhr fort, sie habe dann Deborah, die Trauzeugin, eingeweiht, und Debbie sei vom ersten Moment an Feuer und Flamme gewesen. Auch sie habe dann mit Chantal gesprochen.

«Und siehe da, auf einmal machte es Click bei Chantal. Ich glaube, sie hat gespürt, dass sie ihre Enttäuschung anders nicht los wird. Ihre Energie war auf null, auch deshalb, weil sie nicht arbeiten darf. Jetzt kann sie sich wieder auf etwas freuen, das hat sie aus ihrem Loch geholt. Und auch Debbies Begeisterung trug dazu bei. Chantal hält viel von Debbie.»

Da wir dank Corona alle viel Zeit übrig hatten, versprach ich, schon am nächsten Tag zu Astrid und Chantal zu kommen. Auch Debbie und Tim, Debbies Bruder, die einzigen bisher Eingeweihten, würden bei unserem Treffen dabei sein.

«Das erste, was wir morgen bereden müssen, ist, wie wir es schaffen, dass niemand etwas bemerkt», sagte ich, «und dass uns niemand verrät. Wenn uns das nicht gelingt, müssen wir es schon gar nicht versuchen.»

Astrid stimmte mir aufmerksam zu, und ich merkte, dass ich – ohne es zu beabsichtigen – bereits eine organisierende Rolle einnahm. Doch die Rolle entsprach mir, ich nahm das Szepter gern in die eigene Hand, in diesem Fall sicher auch, weil ich älter und erfahrener war. Und ich wollte vermeiden, um jeden Preis, dass die Sache aufflog.

II

Mein rebellischer Geist, der nun hier in Aktion treten wollte, hatte mich schon begleitet seit meiner frühesten Jugend. Wenn ich den Sinn einer Regel nicht einsah, konnte ich mich nicht fügen. In der ersten Klasse zum Beispiel gab es am Anfang fünf Schülerinnen und Schüler, die Linkshänder waren. Einer davon war ich. Damals wurde man noch gezwungen, mit der rechten Hand schreiben zu lernen. Die anderen vier schafften die Umstellung. Ich dagegen weigerte mich. Ich schreibe heute noch links.

Einige Jahre später legte ich mich mit dem Lehrer an, der die Schulbibliothek betreute. Wer noch nicht 12 oder älter war, durfte sich nur die Bücher mit den blauen Punkten ausleihen. Obwohl die Bücher mit den roten Punkten spannender waren, hielten sich alle an die geltende Regel. Nur ich nicht. Als mir der Lehrer die roten Bücher definitiv verbot, nahm ich sie heimlich mit.

Wieder einige Jahre später wurde von den Knaben erwartet, dass sie für die Feier zur Konfirmation im weissen Hemd mit Krawatte antreten sollten. Ich als Einziger wehrte mich, setzte mich auch bei den Eltern durch und trug einen weissen Rollkragenpulli.

Nach dem Übertritt in die höhere städtische Schule entwickelte sich mein politisches Interesse. Von all den Ungerechtigkeiten, die es auf der Welt gab, fühlte ich mich persönlich betroffen, und ich empfand den Staat schon sehr früh nicht als eine Art Vater, der gut für uns sorgte, sondern als Machtapparat.

Mit den Jahren erkannte ich zwar, dass ich lieber Geschichten erzählte als Flugblätter zu verfassen, doch meiner rebellischen Haltung blieb ich treu.

Der diktatorische Virus jedoch, der die Welt nun auf einmal beherrschte, übertraf meine kühnste Vorstellungskraft. Deshalb war für mich vom ersten Moment an klar, dass ich nicht zusehen und schweigen konnte. Ich musste meine Stimme erheben gegen die Demontage der Demokratie, die hier stattfand, ich musste mich als Bürger und als Schriftsteller äussern, und ich tat es zunächst vor allem auf Facebook, obwohl ich wusste, dass etliche meiner Freunde über die Pandemie, die von Anfang an keine gewesen war, anders dachten.

Ihren Kommentaren entnahm ich, dass sie mich überhaupt nicht verstanden. Manche griffen mich regelrecht an, und ich konnte mir ausrechnen, dass ich meinem Ansehen als Ritualgestalter damit keinen Gefallen tat. Diese Freunde auf Facebook – von denen ich nicht mehr wusste, ob sie jemals Freunde gewesen waren – würden mich nicht mehr fragen, wenn es um eine Trauung oder Abdankung ging. Sie würden jemand anderen suchen. Und sie würden mich auch nicht weiterempfehlen.

Aber damit musste ich leben, und ich würde in nächster Zeit sowieso keine Buchungen haben. Meine finanzielle Zukunft war auf einmal sehr ungewiss. Um so mehr freute mich der Entschluss des lesbischen Paares, ihre Hochzeit nun doch abzuhalten. Wenigstens diesen einen fixen Termin hatte ich vor mir, und ich wollte mein Möglichstes dazu beitragen, dass die Hochzeit zustande kam.

Wie vereinbart besuchte ich Astrid und Chantal am Nachmittag des folgenden Tages bei ihnen daheim. In ihrem Zuhause war ich noch nie gewesen, denn unsere Treffen hatten in einem Lokal in meinem eigenen Dorf stattgefunden, wo ich mich mit allen Paaren verabredete. Die erste Begegnung hatte dem Kennenlernen gegolten, doch schon beim Verlassen des Restaurants hatte sich das Brautpaar entschieden, die Trauung mit mir zu machen.

«Für mich stimmt es, Chantal», hatte Astrid gesagt, «ich brauche keine Bedenkzeit mehr. Und was meinst du?»

Chantal ergriff Astrids Hand und schaute mich an. «Für mich stimmt es auch. Eigentlich, Nicolas, war es für mich schon klar vom ersten Moment an, als du hereinkamst.»

«Ihr könnt die Sache ruhig überschlafen», wandte ich ein, doch Astrid und Chantal waren sich einig. Auf dem Parkplatz, neben den Autos stehend, hatten wir den Deal per Handschlag besiegelt.

Unser zweites, ausführliches Treffen mitten im Winter und im gleichen Lokal hatte der Vorbereitung der Trauung gegolten. Nachdem wir die Zeremonie Punkt für Punkt miteinander besprochen hatten, erzählten mir Astrid und Chantal ihre Geschichte. Denn die Liebesgeschichte steht am Anfang der Trauung, wie ich sie gestalte. Sie soll den Heiratswilligen noch einmal bewusst machen, welchen Weg sie hinter sich haben, was für ein Wunder ihre Begegnung war, welche Hürden sie vielleicht überwinden mussten und wie es zu ihrem Entschluss kam, zu heiraten.

Da ich die Geschichte richtig und lebendig erzählen will – wie es ein Schriftsteller tun sollte –, dauerte auch das Gespräch mit Astrid und Chantal mehrere Stunden. An seinem Ende waren wir alle drei ziemlich erschöpft, aber es waren wertvolle, spannende und auch für mich inspirierende Stunden gewesen, eben auch deshalb, weil ich noch nie zwei lesbische Frauen verheiratet hatte.

Natürlich wusste ich nach diesem Treffen ganz viel von ihnen. Darum war es für mich wie ein Wiedersehen mit zwei Menschen, die ich schon lange kannte, als sie mir nun ihre Wohnungstür öffneten. Alle drei spürten wir eine gegenseitige, schöne Vertrautheit, ohne die wir unter den gegenwärtigen Umständen nicht zusammengefunden hätten.

Darüber hinaus muss ich zugeben, dass sie mir beide auch als Frauen gefielen – sowohl die dunkelhaarige Astrid mit ihrem Pferdeschwanz, schwarz und straff zusammengebunden, und ihren dunklen, etwas traurigen Augen, als auch Chantal mit blondem Kurzhaar, die Augen blau, wach und interessiert, mit einem warmen, fröhlichen Lächeln. Beide gross, beide in Jeans, beide ungeschminkt, mit Ausnahme von etwas Mascara und Astrids auffällig weinroten Lippen.

Beim Betreten des Wohnzimmers lernte ich auch Astrid und Chantals Hund kennen, der den Eindringling zunächst einmal anknurrte, um sich dann, immer noch knurrend, von mir streicheln zu lassen.

Dass er Bravo hiess, wusste ich schon. Chantal hatte ihn so getauft, damit bereits seine Namensnennung ein Lob für ihn war.

Augenblicke nach mir erschienen auch Deborah, Astrids Trauzeugin, und ihr jüngerer Bruder Tim. Neben der kurzhaarigen Debbie mit kajalumrandetem Blick und einer fröhlich herausfordernden Art wirkte ihr Bruder zurückhaltend und verletzlich. Im Unterschied zu mir und den Frauen sagte er wenig, und wenn er sprach, liess er sich Zeit.

Als erste ergriff spontan Chantal das Wort, um gleich von Anfang an klarzustellen, dass sie unserem Vorhaben zugestimmt habe, aber noch immer nicht ganz überzeugt sei. Sie zweifle, ob es gelingen werde, und sie getraue sich nicht, ihre Eltern zu informieren, weil sie Angst vor einer Absage habe. Sie befürchte sogar, ihre Eltern könnten das Ganze verraten, aus purer Angst vor dem Virus und aus Gehorsam vor den Behörden.

«Ihr habt euch diese Hochzeit doch so gewünscht», ermutigte Debbie nun Chantal. «Vor allem *du* hast sie dir so gewünscht!»

Und zu mir gewandt, fuhr sie fort: «Als mir Astrid davon erzählte, war ich begeistert. Ich sagte ihnen sofort, ihr könnt das Haus haben. Gar keine Frage. An das ganze Theater mit diesem Lockdown glaube ich nicht, das hast du wahrscheinlich bereits vernommen. Und auch mein Bruder ist einverstanden», fügte sie bei, mit einem Seitenblick auf Tim, der nur nickte. Wie einverstanden er war, zeigte er nicht.

Doch er kannte wohl die Entschlossenheit seiner Schwester.

Nun war es an mir, zu erklären, warum auch ich ohne Zögern zugesagt hatte, als Astrid mir anrief. Aber ich zeigte Verständnis für Chantals Zweifel.

«Chantal muss ein gutes Gefühl bei der Sache haben. Wir alle müssen ein gutes Gefühl haben. Eine Hochzeit ist etwas Einmaliges, man kann sie nicht wiederholen. Deshalb möchte man, dass sie gelingt. Ihr sollt euch immer gerne daran erinnern. Das gilt in diesem Fall ganz besonders.»

«Fangen wir also an», schlug ich vor und fragte als erstes: «Wie kommen eure Gäste zu diesem Schulhaus?»

So stiegen wir in die Planung ein, und alle beteiligten sich, auch Tim, der es auf einmal spannend fand, darüber zu reden. Erste Erkenntnis: Es führte zwar eine Strasse zum Hochzeitsort, doch ihr entlang gab es zu viele Augen und Ohren, um eine grössere Zahl von Autos unbemerkt an den Häusern und Fenstern vorbeizuschmuggeln. Ein hin- und herfahrender Shuttlebus wäre sogar noch verdächtiger.

Debbie kannte die Strecke am besten und zeigte sie uns auf der Internetkarte. Das einzige Dorf in der Nähe lag fünf Autominuten entfernt weiter unten. Von dort führte die Strasse an einzelnen Höfen vorbei bergwärts.

Kurz nach dem letzten Bauernhof – so beschrieb Debbie die Situation – zweigte die Zufahrt zum oberhalb gelegenen Schulhaus ab. Vom Hof aus war die Zufahrt zu sehen. Also konnten höchstens ein bis zwei Autos zum Schulhaus fahren und dort parkieren. Alle übrigen Gäste mussten ihr Auto weiter unten im Tal zurücklassen und den Rest des Weges in kleinen Grüppchen unter die Füsse nehmen. Eine Gruppe mit mehr als 5 Personen war zurzeit nicht erlaubt und würde auffallen.

Da die Hochzeit ohnehin unter aussergewöhnlichen Umständen stattfand, konnte man den Gästen den Fussmarsch und die entsprechende Kleidung zumuten. Die meisten Geladenen waren Freundinnen oder Freunde des Brautpaars und gut zu Fuss. Auch beide Eltern und die wenigen anderen älteren Gäste erfreuten sich offenbar guter Gesundheit und waren das Wandern gewohnt.

Einzig Chantals Grosseltern würde man fahren müssen – wenn sie überhaupt kommen wollten. Astrids Grossmutter würde zuhause bleiben. Da sie in einem Altersheim wohnte und wegen Corona keine Besuche empfangen durfte, war ein Ausflug erst recht nicht möglich.

«Aber besuchen werden wir sie», sagte Astrid zu Chantal, «wir finden schon einen Weg, sie zu sehen.»

Auf der Wanderkarte im Internet schauten wir uns das Gebiet näher an – und fanden gerade zwei Routen, die am Schulhaus vorbei verliefen, eine von Norden und eine von Süden. Abseits dieser Wege war das Gelände zu unerschlossen, um für den Aufstieg in Frage zu kommen. Das kleine Schulhaus befand sich wirklich mitten im Toggenburg, und ich wusste, wie es dort aussehen konnte: Stotzige Hügel fallen in tiefe, mäandernde Tobel, Strässchen kriechen in Serpentinen die Hänge hinauf und für grössere Dörfer lässt die Natur keinen Platz. Die Karte bestätigte meine Erinnerung. Es war eine ziemlich wilde Gegend und wie geschaffen für eine Versammlung von Menschen, die nicht entdeckt werden durfte.

Da es nur diese zwei Wege gab, mussten die Gäste die Routen gestaffelt benützen. Zu nahe aufeinander durften sie aber nicht losmarschieren und parkieren durften nicht alle am gleichen Ort. Mehrere Autos mit ausserkantonalen Autokennzeichen wären genauso verdächtig wie kleine Wandergrüppchen in rascher Folge. Also mussten die Gäste schon beim Parkieren auf verschiedene Standorte aufgeteilt werden. Sobald wir glaubten, ein Problem sei gelöst, tauchte das nächste auf, und irgendwann meinte Chantal entnervt:

«Seht ihr, das bringt nichts. Der organisatorische Aufwand ist viel zu gross, und nicht alle Gäste werden das mitmachen wollen.»

Einen Moment lang herrschte Stille, und es schien, als ob wir Chantal recht geben mussten. Auch ich selbst war auf einmal nicht mehr so sicher, ob ich mich für die Hochzeit wirklich so stark engagieren wollte.

«Wie die Gäste nach Hause kommen», meinte nun Astrid, «haben wir noch gar nicht besprochen. Alle können sowieso nicht im Haus übernachten und würden das auch nicht wollen.»

Damit setzte sie der Stimmung einen weiteren Dämpfer auf. Wir begannen auch diesen Punkt zu erörtern. Da die ehemalige Lehrerwohnung über dem Klassenraum lediglich drei kleine Kammern und eine etwas grössere Stube umfasste, konnten neben dem Brautpaar nur zwei weitere Paare einquartiert werden. Alle anderen Gäste mussten sich noch in der Nacht auf den Heimweg machen.

«Bei Nacht und Nebel?» rief Chantal aus. «Das können wir unseren Gästen nicht zumuten. Am Ende erscheinen alle mit Wanderschuhen zur Trauung. Dann ist es für mich keine Hochzeit mehr.»

«Die Gäste können sich umziehen», fand Debbie. «Ich habe das schon erlebt, bei der Hochzeit meiner Cousine, mitten im Winter. Die Feier fand in einem Berghotel statt, das nur zu Fuss erreicht werden konnte. Habe ich euch davon nie erzählt?»

Astrid dagegen gab ihrer Verlobten recht. Sie gab ihr auch deshalb recht, weil sie mit allen Mitteln verhindern wollte, dass Chantal ihre Zustimmung wieder zurückzog. Ich spürte, wie Astrid diese Hochzeit unbedingt wollte, aus Liebe zu Chantal, aber auch wie eine Sportlerin, die gegen alle Widerstände unbedingt siegen will. Ich wusste von Astrids Leidenschaft für das Beachvolleyball, sie hatte mir bei unserem Treffen davon erzählt und sie hatte es weit gebracht. Ohne Ehrgeiz und Siegesgewissheit hätte sie keine Turniere gewonnen.

«In den nächsten Tagen, Liebste», schlug sie vor, «könnten wir zusammen mit Bravo, wenn das Wetter weiterhin hält, die beiden Wege zum Schulhaus erkunden. Das müssen wir sowieso, finde ich. Dann sehen wir, ob die Routen auch in der Nacht für die Rückkehr in Frage kommen.»

Chantal war einverstanden. Sie war mit allem einverstanden, was ihre Zweifel beruhigte. Doch ihre grösste Ungewissheit betraf nicht die Frage, wie die Gäste zum Schulhaus kamen – sondern ob sie überhaupt kommen würden. Nachdem Astrid für sich und Debbie ein Bier geholt hatte, während wir andern mit Kaffee Vorlieb nahmen, begannen wir die Liste der Eingeladenen durchzugehen. Ob die unerlaubte Hochzeit Wirklichkeit werden würde, hing sehr davon ab, wie die Gäste darauf reagierten.

Zuerst die Eltern. «Wie gesagt, meine Eltern kommen bestimmt», meinte Astrid, die auf dem Sofa neben Chantal sass. «Und ich könnte mir vorstellen, dass sie uns dabei helfen, auch Chantals Eltern zu überzeugen.»

Sie legte zärtlich den Arm um ihre Verlobte, doch die Geste wirkte etwas zu fordernd. Chantal entwand sich ihrer Umarmung. «Schön für dich», sagte sie, nicht ohne Missmut in ihrer Stimme, «aber bei meinen Eltern sehe ich schwarz. Das ist im Moment mein grösstes Problem: Ich möchte mich freuen auf unsere Hochzeit, aber ich kann mich nicht freuen. Weil sie nicht kommen werden.»

Sie erklärte sich bereit, ihre Eltern am folgenden Tag zu besuchen. Allein. Sie werde mit ihnen sprechen. «Wenn sie aber dagegen sind, werden wahrscheinlich auch meine Brüder nicht kommen. Und meine Grosseltern sowieso nicht.»

Wir verliessen das schwierige Thema von Chantals Eltern für den Moment und nahmen die anderen älteren Gäste durch: Astrids Götti und ihre Gotte, Astrids Onkel und Tante, Chantals Gotte und eine Tante von ihr, bei der sie als Kind oft die Ferien verbrachte. Die Tante würde ganz sicher dabei sein wollen, denn *sie* war es damals vor allem gewesen, die sich bei ihrer Schwester, Chantals Mutter, für das Coming-out ihrer Nichte eingesetzt hatte.

Bei allen Verwandten kam es auf den Versuch an, ebenso bei den beiden Cousinen und beim Cousin, die ebenfalls eingeladen gewesen waren. Astrid und Chantal wussten nicht, wie sie alle über Corona dachten, aber sie mussten wohl eher mit Absagen rechnen.

Bei ihren Freunden wussten sie es schon besser. Viele ihrer Freundinnen waren so sportlich und abenteuerlustig wie sie und fanden den Lockdown eher lästig als nötig. Einige hatten keine Meinung dazu und schickten sich in das Unangenehme, weil es offenbar notwendig war. Einige andere nahmen den Virus jedoch sehr ernst und befolgten gehorsam, was die Behörden beschlossen hatten.

Zu ihnen gehörten auch Tanja und Evelyne, die es abgelehnt hatten, Astrid und Chantal zu treffen, solange dies nicht erlaubt war. Sie und jene anderen Freundinnen, die ebenso pflichtbewusst waren, würden bestimmt nicht mitmachen wollen. Ihr spinnt, würden sie sagen, wollt ihr, dass wir uns alle anstecken?

Andererseits war Evelyne Chantals Trauzeugin. «Glaubst du wirklich, Chantal», fragte Debbie, «dass sie auf ihre Rolle verzichtet? Damit würde sie dir praktisch die Freundschaft kündigen.»

Das fand auch Astrid, doch Chantal meinte, Evelyne werde ziemlich von Tanja beeinflusst. Und Tanja sei extrem ängstlich. «Aus lauter Angst und Vorsicht glaubt sie alles, was uns der Bundesrat und die Experten einzureden versuchen. Sie wird Evelyne garantiert davon überzeugen wollen, uns abzusagen.»

Es wurde beschlossen, nicht länger zu spekulieren, sondern an alle Gäste eine Einladung zu versenden, ohne aber bereits zu verraten, wo die Hochzeit stattfinden werde. Vorher noch wollte Chantal Evelyne telefonieren, um mit ihr ganz persönlich zu reden.

«Und was wollt ihr machen», fragte jetzt Tim, «wenn euch jemand von den Gästen verrät? Und es der Polizei weitersagt, was ihr plant?»

Daran hatte auch ich einen Augenblick lang gedacht. Wir besprachen Tims Einwand, doch Debbie sah keinen Grund zur Beunruhigung: «Alle eure Gäste sind Freunde oder Verwandte. Ich glaube nicht, dass jemand von ihnen die Frechheit hätte, eure Hochzeit zu sabotieren. Das wäre zu krass. Ihr müsst aber darauf gefasst sein, dass einige Gäste versuchen werden, euch von eurem Vorhaben abzubringen.»

«Eben», meinte Chantal mit einem Seufzer, «meine Eltern zum Beispiel.» Diesmal liess sie es zu, dass Astrid ihren Arm um sie legte. Und einen Augenblick lang wusste niemand etwas zu sagen.

III

Schon am nächsten Tag bekam ich ein Mail von Astrid und Chantal, das ohne weiteren Kommentar eine «Einladung zur Hochzeit» enthielt. Als ich das PDF öffnete, sprang mir dieselbe kreative Gestaltung entgegen wie für den ersten, abgesagten Hochzeitstermin. Doch der Text war ein anderer:

Liebe Hochzeitsgäste

Noch vor wenigen Wochen freuten wir uns auf unsere Hochzeit. Doch der Lockdown machte uns einen dicken Strich durch die Rechnung, und wir mussten unseren grossen Tag auf ein unbestimmtes neues Datum verschieben. Das fanden wir schrecklich traurig, und es flossen viele enttäuschte Tränen. Doch während der letzten Tage hatten wir ausgiebig Zeit, um uns Gedanken zu machen. Wir haben nachgedacht. Und viel geredet. Und auf einmal war für uns klar: Wir wollen doch heiraten. Wie geplant. Am Samstag 11. April.

Wir wissen, dass eine Hochzeit im Moment nicht erlaubt ist. Die Leute sollen zuhause bleiben. Aber an unserem Hochzeitstag wollen wir nicht zuhause bleiben. Deshalb machen wir unsere Absage hiermit rückgängig und laden euch alle ein: Kommt und feiert unsere Hochzeit mit uns! Wir sind gesund, und wir hoffen, auch ihr seid gesund. Warum sollen wir uns also nicht treffen? Lebensfreude und Lachen ist für die Gesundheit besser als mit Angst zuhause zu sitzen.

Wir hätten natürlich Verständnis, wenn jemand von euch eine andere Einstellung hat und lieber nicht kommen will. Aber wir freuen uns, wenn ihr eine Aus-nahme macht und dabei seid. Wir heiraten nur einmal und wir möchten es jetzt tun. Unsere Antwort auf den Corona–Virus ist unsere Liebe!

Die Hochzeit wird an einem Ort stattfinden, den wir euch bekanntgeben werden, sobald wir wissen, ob ihr unsere Einladung annehmt. Es ist ein schöner Ort, das können wir euch versprechen, und wir werden dort ganz für uns und ungestört sein. Da der 11. April schon in 9 Tagen ist, sind wir dankbar für eure Ant-wort bis spätestens Sonntag 5. April.

Eine Bitte noch: Dies ist eine persönliche Einladung. Bitte zeigt sie niemandem und erzählt auch nieman-dem von unserem Plan. Wir vertrauen euch!

Bis hoffentlich bald und ganz liebe Grüsse

Astrid & Chantal

«Eure Einladung gefällt mir sehr. Ich komme gern!» schrieb ich dem Brautpaar zurück. «Und ich denke, den meisten Gästen wird es schwer fallen, abzusa-gen. Viele werden nur schon dabei sein wollen, weil sie auf den Ort der Hochzeit gespannt sind. Und weil es etwas Verbotenes ist.»

«Die ersten Reaktionen geben dir recht», antwortete Astrid, an die mein Mail adressiert war. «Wir beka-men spontan schon mehrere Zusagen – allerdings von Gästen, bei denen wir es erwartet haben. Sie sind schon ganz neugierig. Chantal ist jetzt bei ihren Eltern. Wir geben dir dann Bescheid.»

Am späten Abend, kurz vor Mitternacht, folgte dann ein weiteres Mail – diesmal von Chantal. Sie schrieb:

«Ich wollte dich zuerst anrufen, aber weil es schon so spät ist, schreibe ich dir. Schreiben hilft mir sowieso immer. Also: Ich war heute bei meinen Eltern, und sie haben reagiert wie erwartet. Sie kommen auf keinen Fall. Meine Mutter hat geweint und mein Vater hat nur immer wieder den Kopf geschüttelt. Er sagte, wir seien verrückt und warum wir uns nicht gedulden könnten. Er finde diese ganze Situation auch nicht angenehm. Es sei nicht einfach für ihn, eine Schule von zuhause aus zu koordinieren. Aber wir seien jetzt alle gefordert. Nur so könne die Pandemie möglichst bald eingedämmt werden.»

Weiter schrieb Chantal:

«Beide, meine Mutter und er, verlangten von uns, unser Vorhaben aufzugeben. Was wir planten, sei nicht erlaubt. Es käme sicher ans Licht, und wir würden bestraft. Als ich ihnen sagte, wir hätten die Einladungen schon verschickt, meinte meine Mutter in allem Ernst: Dann schreibt einen zweiten Brief, dass euch die Hochzeit zum gegenwärtigen Zeitpunkt doch zu riskant sei. Ich habe sie ausgelacht und gesagt, das machen wir sicher nicht, aber mehr hatte ich meinen Eltern nicht entgegenzusetzen.»

«Sie beschworen mich, zu begreifen, wie gefährlich das Virus sei, und als ich Experten erwähnte, die eine andere Meinung vertreten, sagte mein Vater, das mag ja sein, doch haben wir keinen Grund, dem Bundesrat zu misstrauen. Die Behörden hätten es nicht leicht im Moment, und damit meinte er auch sich selber als Schulleiter. Und er sagte noch, du schadest dir nur. Jetzt hast du doch gerade erst deine Praxis eröffnet. Als ich ihm darauf antwortete, meine Praxis sei seit inzwischen zwei Wochen geschlossen und ich hätte im Moment null Verdienst, erwiderte meine Mutter, du weisst, dass du immer zu uns kommen kannst. Wir helfen dir jederzeit. Dass der Lockdown mich zwang, die Praxis zu schliessen, ist ihnen völlig egal. Im Gegenteil, sie finden die Massnahmen nötig und richtig. Was konnte ich da noch sagen?»

Chantal schrieb sich ihre ganze Enttäuschung über das sinnlose Gespräch von der Seele. Zum Schluss holten die Eltern noch einen weiteren und besonders wirksamen Pfeil aus dem Köcher.

«Sie sagten: Wenn *wir* nicht kommen, dann werden auch deine Brüder nicht kommen wollen. Meine Mutter sagte es fast triumphierend. Und deine Grosseltern kannst du auch gleich vergessen, erklärte mein Vater. Er wisse ja nicht, wo das Ganze stattfinden werde, doch seine Eltern würden bestimmt nicht an einer Veranstaltung teilnehmen, die zurzeit gar nicht erlaubt sei. Er nannte unsere Hochzeit eine ‚Veranstaltung‘!»

«Und dann kam's: Dein lieber Opapa, deine liebe Omama, sagte er, gehören zur Risikogruppe. Willst du sie im Ernst anstecken? – Damit hatte er mich. Was konnte ich darauf antworten? Dass der Virus keine tödliche Krankheit sei? Dass die vielen alten Leute nicht *an*, sondern höchstens *mit* dem Virus gestorben sind? Dass alte Leute nun einmal irgendwann sterben? – Ich gab es auf und begann stattdessen zu weinen. Das machte meinen Eltern dann doch etwas Eindruck, und sie baten mich, noch zu bleiben, man könne doch über alles reden. Aber ich kannte jetzt ihre Haltung. Ich musste gehen. Da begann auch meine Mutter zu heulen. Doch wir konnten einander nicht helfen.»

Chantal war am Boden zerstört, als sie später am Abend zu Hause ankam. Sie erzählte ihrer Verlobten alles.

«Aber auch Astrid kann mich nicht trösten. Vielleicht haben meine Eltern doch recht, und wir blasen das Ganze ab. Ich bin wütend auf sie, aber eine Hochzeit ohne sie kann ich mir echt nicht vorstellen. Ich liebe sie, denn sie sind meine Eltern, und ich hatte es gut mit ihnen. Ohne die Grosseltern will ich auch nicht heiraten. Sie verstehen zwar nicht, warum ich mit einer Frau zusammen bin, aber meine Omama fand, Hauptsache, du bist glücklich, und sie freute sich auf die Hochzeit. Über unsere Absage war sie enttäuscht, das sagte sie mir am Telefon. Wie sie jetzt reagiert, weiss ich nicht, aber wenn meine Eltern nicht kommen, dann auch die Grosseltern nicht. Und meine Brüder haben beide Familie. Dann müssten auch meine Schwägerinnen dafür sein, und sie müssten die Kinder zu Hause lassen. Das werden sie sicher nicht wollen.»

«Eigentlich», beendete Chantal ihr Mail, «wusste ich vom ersten Moment an, dass eine Hochzeit zum jetzigen Zeitpunkt nicht realistisch ist. Daran habe ich Astrid erinnert. Ich war zu ihr nicht sehr nett, weil mir wirklich der Glaube fehlt. Sie ist nach wie vor zuversichtlich und meinte zuletzt, gehen wir erst einmal schlafen. Aber ich kann gar nicht schlafen. Deshalb schrieb ich dir dieses Mail. Was meinst du? Verstehst du mich?»

Ihre Fragen an mich zeigten mir, dass sie hoffte, ich würde ihr recht geben. Die schroffe Reaktion ihrer Eltern hatte ihr den Boden unter den Füssen entzogen, aber sie konnte ihre Verlobte offensichtlich nicht dazu bringen, ihre sprunghaft angestiegenen Zweifel zu teilen. Nach den ersten positiven Rückmeldungen von Gästen schien Astrid immer noch überzeugt zu sein, die Hochzeit werde gelingen. Und obwohl ich Chantal natürlich verstand, war auch ich nicht soweit, bereits wieder aufzugeben. Aus Erfahrung wusste ich, dass ein Plan, auch wenn er aussichtslos scheint, eine Eigendynamik bekommen kann, die nicht vorhersehbar ist.

Bereits die Entwicklung des folgenden Tages – Freitag, der 3. April – gab mir vorsichtig recht. Nachdem mir Astrid über WhatsApp freudig mitgeteilt hatte, ihre Eltern hätten ihr nach einem längeren Telefongespräch zugesagt, rief mich Chantal an, um mir zu berichten, dass auch ihr älterer Bruder mitmachen werde.

«Das kam für mich total überraschend», sagte sie mir. «Dominik ist mein Lieblingsbruder, der für mich immer da war, und ich hoffte natürlich, er würde mich nicht im Stich lassen. Aber ich war nicht sicher, was Lilian, seine Frau dazu meint.»

Lilian, erfuhr Chantal von ihrem Bruder, lehnte die ganzen Massnahmen ebenso ab wie Chantal und Astrid, und offenbar hatte sie auch ihren Mann überzeugt. Nachdem Chantals Mutter mit ihm telefoniert hatte, glaubte Dominik nämlich, die Eltern hätten Chantal bereits mit Erfolg dazu gebracht, den verwerflichen Plan wieder fallenzulassen. Das hätte auch ihn entlastet, denn so ganz wohl bei der Sache war es Dominik nicht. Als Informatiker beim staatlichen Fernsehen stand er der Berichterstattung der Medien nicht so negativ gegenüber wie seine Schwester. Er teilte die Haltung der Eltern bis zu einem gewissen Grad und versprach seiner Mutter, auch seinerseits mit Chantal zu reden.

Doch darauf habe ihn seine Frau – wie er Chantal gestand – so lange «bearbeitet», bis er nachgab. Lilian mochte Chantal, und sie fand: Wenn dein Schwesterchen heiratet, bleiben wir bestimmt nicht zuhause. Schon gar nicht deiner Mutter zuliebe. Was kann schon passieren? – Und sie habe bereits ihre eigenen Eltern gefragt, ob die Kinder das Wochenende bei ihnen verbringen dürften.

Die Zusage ihres älteren Bruders liess Chantal wieder ein wenig Hoffnung schöpfen. «Aber ich kann mir noch immer nicht vorstellen, dass es gelingen wird, meine Eltern und meine Grosseltern umzustimmen. Ich jedenfalls kann das nicht, Dominik kann das nicht, und Astrids Eltern könnten es ebensowenig. Auch wenn sich, wie Astrid sagt, unsere Väter so gut verstehen.»

Noch am gleichen Tag – die Telefone und der WhatsApp–Chat liefen heiss – erhielten Chantals Zweifel neue Bestätigung, als Daniel, ihr jüngerer Bruder seine Teilnahme absagte. Ihr zuliebe und trotz der Haltung der Eltern wäre er zwar gekommen, doch Melanie, seine Partnerin, hätte auf keinen Fall mitgemacht. Sie arbeitete als Ärztin in einem Spital, und Daniel sagte, sie habe schon mehrere Corona–Patienten erlebt, die man künstlich habe beatmen müssen. In dieser Situation ein Hochzeitsfest zu veranstalten, finde sie verantwortungslos.

«Wie alt waren denn die Patienten?» fragte ihn Chantal, aber eigentlich hatte sie gar keine Lust auf ein Streitgespräch mit ihrem Bruder, dazu war sie viel zu enttäuscht von ihm. Sie kannte ihn gut genug, um zu begreifen, dass auch er kniffte. Die Absage seiner Freundin war für Daniel bloss ein bequemer Vorwand.

Der Samstag begann für das Brautpaar mit einem weiteren Tiefschlag, als endlich Evelyne, die andere Trauzeugin anrief. Chantal hatte ihr mehrmals telefoniert, aber Evelyne hatte nie abgenommen und auch Tanja, ihre Partnerin, hatte nie reagiert. Nach Chantals fünftem SMS hatte Tanja nur gerade verlauten lassen: «Wir melden uns.» Das klang nicht sehr hoffnungsvoll, und als sie nun am späten Vormittag anrief, konnten sich Chantal und Astrid denken, was Evelyne ihnen eröffnen würde.

Astrid versuchte mir das Gespräch möglichst wortgetreu wiederzugeben, so ärgerlich fand sie es.

«Tanja und ich», begann Evelyne sehr offiziell, «haben eure Einladung diskutiert. Wir haben uns Zeit genommen. Wir haben sie überschlafen. Und wir finden beide, dass es in der gegenwärtigen Situation nicht richtig wäre, wenn wir zusagen würden. Wir finden es egoistisch von euch, dass ihr das Hochzeitsfest durchziehen wollt. Jetzt geht es doch darum, dass wir alle vernünftig sind und uns an die Weisungen halten. Nur so können wir verhindern, dass wir Zustände wie in Italien haben. Ihr kennt unsere Einstellung. Wir müssen jetzt alle verzichten auf Dinge, die wir gern tun würden. Und auch ihr müsst verzichten.»

Chantal hatte auf Lautsprecher umgestellt, damit auch Astrid mitreden konnte. Und schon während Evelynes moralischer Rede habe sich Astrid kaum mehr beherrschen können, erzählte mir Chantal. Aufgebracht versuchte sie zu erreichen, dass die Trauzeugin ihren Entschluss zurücknahm. Doch Evelyne ging nicht darauf ein.

«Diskutieren können wir später einmal», meinte sie knapp, «das bringt jetzt nichts. Wir sind uns nicht einig, und ihr wollt diese Hochzeit um jeden Preis machen. Das respektieren wir, aber ich glaube, Chantal, ich muss dir mein Amt als Trauzeugin notgedrungen zurückgeben. So leid es mir tut.»

Evelynes Nein hätte Chantal eigentlich wehtun müssen – doch das Gegenteil war der Fall. Sie hatte damit gerechnet, dass ihre Freundin so reagieren würde, und sie kannte den Einfluss, den Tanja, die Partnerin, auf Evelyne hatte. Chantals Stolz regte sich.

«Ich glaube auch, es ist besser so», erwiderte sie. Mit wenigen Worten beendete sie das Gespräch. Und ihre Stimmung – zu Astrids Erstaunen – blieb kämpferisch. Der Entscheid ihrer Freundin weckte trotzige Kräfte in ihr. Noch am gleichen Tag wandte sich Chantal an Lilian, ihre Schwägerin, berichtete ihr von Evelynes Rückzug als Trauzeugin und fragte sie an, ob sie dazu bereit wäre, für die feierliche Trauung am 11. April Evelynes Platz einzunehmen.

Lilian bat sich Bedenkzeit aus, doch schon kurze Zeit später schrieb sie Chantal ein SMS:

«Liebste Chantal, ich musste nicht lange überlegen. Ich sage Ja, und ich sage nicht deshalb Ja, weil ich deine Schwägerin bin und dir aus der Patsche helfen will, sondern weil ich dich mag und von Anfang an schon gemocht habe. Trauzeugin ist man nicht nur am Hochzeitstag, sondern fürs Leben, und das möchte ich gern für dich sein. Aber ich sage auch deshalb Ja, weil ich es mutig finde, dass ihr euch euer Hochzeitsdatum durch Corona nicht nehmen lasst. Bitte sag mir, was ich als neue Trauzeugin tun soll, wie ich euch helfen kann!»

Chantals Freude über das von Herzen kommende Ja war gross, und es linderte ihre Ernüchterung über Evelynes Reaktion. Ausserdem war ja Evelyne nicht die Einzige, die so dachte. Andere Freundinnen und Bekannte von ihnen hatten dieselbe Einstellung. Astrid und Chantal waren jedesmal wie schockiert gewesen, wenn sie auf Facebook oder in einer Whats-App–Gruppe entsprechende Kommentare lasen und feststellen mussten: Wir sprechen nicht mehr dieselbe Sprache. Sie fragten sich dann: Haben wir uns in dieser Person so getäuscht? Standen wir uns vielleicht gar nicht so nahe?

Diese coronagläubigen Menschen, die alles befolgten, was der Staat ihnen auftrug, und alles glaubten, was die Medien ihnen erzählten, gab es auch in meinem eigenen Umfeld. Wie Astrid und Chantal erhielt auch ich von Freunden oder Bekannten den Eindruck, sie lebten in einer anderen Wirklichkeit. Wie sie argumentierten, liess in mir den Eindruck entstehen, als würden sie mir auf einmal ihr wahres Gesicht zeigen.

Bei manchen spürte ich eine Wut auf jede kritische Meinung im Zusammenhang mit dem Virus, die mich erschreckte. Derselben Schärfe begegnete ich in den Medien. Ich las die Kommentare der Redaktoren und die Wortmeldungen der Leser, und sie alle vereinigten sich zu einem einzigen Schlachtruf:

«Bleiben Sie zuhause!» «Stay the fuck home!»

Vielleicht, dachte ich, ist es tatsächlich unvernünftig, mitten in dieser aufgeheizten Intoleranz eine Hochzeit feiern zu wollen. Doch mit dem Versand der Einladung hatte der Countdown begonnen. Wir konnten nicht mehr zurück. Und wir wollten auch nicht mehr zurück.

IV

Ich hatte es übernommen, Kontakt mit Salome aufzunehmen. Sie war die Sängerin, die Astrid und Chantal auf meine Empfehlung für ihre Hochzeit gebucht hatten. Als das Land in den Lockdown befohlen wurde, hatten sie ihr wieder absagen müssen. Das fiel ihnen schwer, denn nachdem sie einige von Salomes Coverversionen gehört und sich mit ihr verabredet hatten, waren sie überzeugt gewesen, die richtige Wahl getroffen zu haben.

Salome wäre von Christian, ihrem Gitarristen begleitet worden, den ich ebenfalls von gemeinsamen Trauungen kannte. Nun hatte ich Salome angefragt, ob sie sich vorstellen könnte, am 11. April zusammen mit Christian trotzdem zu kommen. Das Brautpaar habe beschlossen, an der Hochzeit festzuhalten.

Auch von Salome wusste ich nicht, wie sie über Sinn oder Unsinn der Massnahmen dachte, und ich musste auf alles gefasst sein. Doch ihre Antwort stimmte mich hoffnungsvoll:

«Was für eine schöne Überraschung von Astrid und Chantal! Eine Absage nach der andern flattert bei mir herein – und nun diese Nachricht. Du kannst dem Brautpaar liebe Grüsse von mir ausrichten, und sie dürfen 100 % auf mich zählen. Ich habe bereits mit Christian gesprochen, und auch er hat mir zugesagt. Natürlich bin ich jetzt sehr gespannt, wo die geheime Trauung stattfinden wird. Sagst du's mir bald?»

Gespannt auf den Ort der Hochzeit waren auch die weiteren Gäste, die sich anmeldeten. Doch Astrid und Chantal wollten die Lokalität so lange wie möglich für sich behalten – als könnte es vielleicht doch geschehen, dass jemand den Plan verriet.

Bis am Sonntag, dem 5. April hatten die meisten der 50 geladenen Gäste geantwortet. Das Brautpaar kam auf zehn Absagen. Diese 10 – unter ihnen auch Tanja und Evelyne – waren mehrheitlich Freundinnen – die einen zu zweit, andere single. Ihre Begründungen unterschieden sich. Auf meine Frage, was sie denn so geschrieben hätten, schickte mir Astrid ihre Begründungen:

«Wir finden es echt schade, dass ihr die Hochzeit nun trotzdem macht. Wir wären so gerne dabei. Aber das Risiko ist uns zu gross, dass das Ganze auffliegt und wir dann mit drin hängen.»

«Ich bin wütend auf euch. Richtig wütend, aber auch traurig. Warum habt ihr das so entschieden? Im Moment ist mir nicht nach Feiern zumute, und ich bin bestimmt nicht die einzige eurer Gästinnen, die so denkt.»

«Wir mögen euch euren grossen Tag natürlich von Herzen gönnen, aber wird es ein grosser Tag sein? Werdet ihr ein Fest im Verbotenen wirklich geniessen können?»

«Habt ihr keine Angst, dass ihr entdeckt werdet? Also, ich hätte Angst.»

«Danke für eure Einladung. Aber ich kann leider nicht kommen. Wünsche euch trotzdem ein schönes Fest!»

Die Absagen liessen Astrid und Chantal nicht ungerührt. Damit hatten sie rechnen müssen, doch enttäuscht waren sie trotzdem, und sie fühlten sich auch zurückgewiesen. Das tat ihnen jedesmal weh, und es erinnerte Chantal wieder daran, dass ihre Eltern nicht kommen wollten.

Da die beiden Väter sich gut verstanden, hatte Astrid ihren Vater gebeten, mit Chantals Vater Kontakt aufzunehmen. Vielleicht gelang es ihm, doch noch Bewegung in die Sache zu bringen. Am Sonntagabend berichtete Astrids Vater, er habe mit dem Vater von Chantal soeben telefoniert.

«Die Haltung der Eltern ist unverändert», informierte er seine Tochter, «aber sie haben uns zu sich eingeladen, auf Dienstagabend, deine Mutter und mich. Vermutlich wollen sie uns dazu bringen, dass auch wir euch die Hochzeit im jetzigen Zeitpunkt ausreden. Aber ich verspreche euch, wir werden unsere Meinung nicht ändern.»

Die anderen Verwandten des Brautpaars hatten mehrheitlich schon geantwortet. Schriftlich abgesagt hatten Chantals Gotte und Astrids Gotte, beide mit sehr freundlichen, aber bestimmten Worten. Astrids Gotte erinnerte ihre Patentochter daran, dass ihr Mann schon seit längerem krank sei, weshalb er als Risikopatient gelte. Sie wolle ihn nicht gefährden.

Chantals Gotte, die alleinstehend war, fühlte sich, wie sie schrieb, selber nicht ganz gesund. Das klang ein wenig nach einer Ausrede, aber Chantal, die ihre Gotte sehr gern hatte, musste sich damit abfinden.

Zugesagt hatte dafür der Götti von Astrid mit seiner Frau. «Ich kann mein Patenkind doch nicht hängen lassen», begründete er seine Anmeldung. «Und wenn ich irgendwie helfen kann, lasst es mich wissen. Ich nehme an, ihr müsst umständehalber ziemlich improvisieren.»

Zugesagt hatte zur grossen Freude von Chantal auch ihre Lieblingstante Sofia. «Und ich nehme deinen Onkel ins Schlepptau, ob er will oder nicht!» schrieb sie in ihrem Mail an die Nichte. Die Freude Chantals über Sofias Zusage war auch deshalb so gross, weil Sofia mit Chantals Mutter bereits gesprochen hatte und deren Haltung zur Hochzeit kannte. Sofia war die ältere Schwester von Chantals Mutter, und sie versprach ihrer Nichte, noch einmal mit der Mutter zu reden.

«Sie kann doch ihr eigenes Kind an einem solchen Tag nicht im Stich lassen», fand Sofia, «und ausserdem: Was soll schon passieren?» Etwas ernsthafter fuhr sie dann fort: «Ich nehme an, ihr habt euch das gut überlegt. Kann ich davon ausgehen? Ich habe keine Lust, der Polizei in die Arme zu laufen.»

Chantal erzählte mir das Gespräch mit der Tante in allen Details. Sie erzählte es mir, weil ich sie fragte, aber auch, weil ich ihr und Astrid eine Sicherheit gab, die sie brauchten. Ich spürte die Verantwortung, die ich hatte, dass die Hochzeit gelang, sodass auch ich über jede positive Entwicklung froh und erleichtert war.

Am Montagmorgen meldete, wenn auch «mit gemischten Gefühlen», eine der beiden Kusinen von Astrid ihre Teilnahme an, während die andere, deren Freund Biologe war, «auf keinen Fall» kommen wollte. Eine letzte verspätete Zusage erhielten sie am gleichen Morgen von Valentin, Chantals Cousin, dem Sohn von Sofia, der als Schauspieler ebenfalls sehr direkt von den Einschränkungen betroffen war. Zusammen mit seiner Partnerin bot auch er seine Hilfe bei den Vorbereitungen an. Damit hatten nun, mit Ausnahme von Chantals Eltern und Grosseltern, alle 50 Eingeladenen reagiert. 34 hatten zugesagt, 12 abgesagt.

«Alle, die nicht dabei sein wollen, werden es später bereuen», sagte mir Astrid am Telefon, aber sogleich räumte sie ein: «Chantal kann sich nach wie vor nicht auf die Hochzeit freuen, wenn ihre Eltern und Grosseltern nicht dabei sind.» Von der Zusammenkunft beider Eltern am Dienstagabend verspreche sich Chantal wenig, erwähnte Astrid, und ich merkte ihr an, dass sie es allmählich leid war, die treibende Kraft für die Hochzeit zu sein.

Trotzdem wurden die Vorbereitungen immer konkreter. Debbie hatte am Wochenende mit ihrem Bruder bereits eine Fahrt ins Toggenburg unternommen, wo sie im Alten Schulhaus räumten und putzten, alle verfügbaren Stühle ins grosse Schulzimmer trugen und sich notierten, was alles fehlte und mitgebracht werden musste.

Am Montagabend besuchte Debbie das Brautpaar bei sich zuhause, damit sie zu dritt das Hochzeitsessen besprechen konnten. Im alten Grandhotel in den Bergen hätte das Essen natürlich dazugehört, jetzt mussten sie selbst dafür sorgen. Doch Debbie kam auf die kühne Idee, einen Bauernhof anzufragen, der für Anlässe aller Art gebucht werden konnte. Die junge Bauernfamilie lebte zum Teil davon, und als Folge des Lockdowns hatte auch sie weniger Einnahmen. Also waren die Bauersleute trotz Corona möglicherweise interessiert, den Auftrag für das Hochzeitscatering anzunehmen.

«Und wenn sie den Lockdown befürworten und uns verraten?» Chantal war nicht so sicher, doch Debbie fand, ohne Nennung des Ortes bestehe keine Gefahr. Das war auch Astrids Meinung, und mit Chantals Einwilligung zögerte sie nicht lange und telefonierte. Ein wenig zu pokern, konnte nicht schaden. Überhaupt war das Ganze ein Pokerspiel. Um zu gewinnen, mussten sie etwas wagen.

Und siehe da, nach den Musikern erklärten sich auch die Bauernhofleute bereit, mitzumachen. Von der Idee zuerst überrascht, setzte sich auch bei ihnen die Neugier durch und die begreifliche Aussicht auf den unverhofften Zusatzverdienst. Es wurde vereinbart, dass sie das Essen am Samstagmittag in Wärmeboxen bereithalten würden.

Die Getränke, die das Brautpaar selber einkaufen wollte, würde Tim schon am Freitag mit einem Lieferwagen ins Toggenburg bringen, den er sich von einem Kollegen auslieh. Dem Kollegen sagte er, dass er das Fahrzeug benötige, um seiner Schwester am

Wochenende beim Umzug zu helfen. Neben den Getränken würde er Stühle, Klappstühle, mehrere Partytische mit zusammenklappbaren Beinen, Tischtücher, Geschirr und Besteck zum Schulhaus hinauf transportieren. Auch den Blumenschmuck nahm er am Freitag mit. Am Samstagmittag würde er dann bei den Bauern das Essen abholen.

Der Dienstag folgte. Astrid hatte freinehmen können, sodass sie kein Homeoffice absitzen musste, sondern mit Chantal und Debbie ins Toggenburg fahren konnte. Astrid wollte endlich selber im Schulzimmer stehen. Sie wollte sich die Hochzeit im holzgetäferten Saal mit den grossen Fenstern überhaupt einmal vorstellen können.

Für die Fahrt benutzten sie den gemeinsamen Kombi, den Astrid in die Partnerschaft eingebracht hatte. Sie und auch Debbie, die Trauzeugin, genossen den Ausflug, weil die Hochzeit endlich ein grosses Stück näherrückte. Doch Chantal blieb schweigsam und in sich gekehrt. Das Treffen der beiden Eltern am Abend des Tages vermochte sie nicht zuversichtlich zu stimmen. Es kam ihr so vor, als würden die Eltern über sie beide Gericht halten, und als würde danach das Urteil über die ungehorsamen Töchter gefällt.

Nachdem sie zunächst, ohne sich am Gespräch zu beteiligen, zum Fenster hinausgeschaut hatte, musste sie ihre aufgewühlten Gefühle loswerden. Den Tränen nahe erklärte sie, diesen Ausflug überhaupt nicht geniessen zu können. Ihre Verlobte versuchte Verständnis zu zeigen – doch schon nach den ersten Sätzen brach in Astrid ein Unmut durch, der sich offenbar ebenfalls aufgestaut hatte.

«Dann sollen sie uns eben verurteilen und daheim bleiben! Wenn deine Eltern dich so terrorisieren können, obwohl es um deine Hochzeit geht, wenn sie dir ein so schlechtes Gewissen einreden können, dann weiss ich nicht, was ein solches Verhalten noch mit Liebe zu tun hat. Es geht deinen Eltern nur um sich selbst, nur darum, dass sie ihre moralischen Vorstellungen durchsetzen können.»

Astrid war noch nicht fertig. Sie musste alles aussprechen:

«Das Problem ist für sie doch in keiner Weise, dass eine Hochzeit im Moment nicht erlaubt ist. Das benutzen deine Eltern nur als willkommenen Vorwand. Eigentlich sind sie noch immer dagegen, dass wir überhaupt heiraten. Sie sähen dich immer noch lieber mit einem Schwiegersohn vor dem Traualtar.»

Chantal wollte etwas sagen und ihre Eltern in Schutz nehmen, weil es doch ihre Eltern waren. Doch Astrid, die am Steuer sass, liess sie schon gar nicht zu Wort kommen.

«Als wir die Hochzeit absagen mussten», fuhr sie fort, ihren wild gewordenen Blick unverwandt auf die Strasse gerichtet, «haben sie es bedauert? Haben Sie uns gesagt: Oh wie schade, das tut uns leid, wir haben uns so gefreut? Mit keinem Wort. Sie waren dem Bundesrat im Gegenteil dankbar, weil sie dadurch wieder hoffen konnten, du würdest mich vielleicht doch nie heiraten. Jetzt tun wir's trotzdem. Das ertragen sie nicht.»

Debbie, die hinten im Wagen sass, versuchte die Wogen zu glätten und stellte sich schützend auf die Seite von Chantal. «Du hast gut reden, Astrid, mit deinen Eltern. Die finden alles gut, was ihre einzige Tochter macht.»

Chantal, die mir später von der Auseinandersetzung im Auto berichtete, wusste, dass Astrid nicht unrecht hatte. Das meiste, was ihre Verlobte sagte, hätte sie sogar unterschreiben können. Nur in einem Punkt war sie nicht einverstanden:

«Was meine Mutter betrifft, hast du recht. Aber mein Vater hat nichts gegen dich. Dass ich Frauen liebe, wusste er schon, bevor ich dich kennenlernte. Deshalb warst du kein Schock für ihn, als ich dich zum erstenmal mit nach Hause brachte. Zwischen dir und ihm wurde es nie kompliziert oder peinlich, ihr habt immer etwas zu reden. Nur meine Mutter konnte dich nicht akzeptieren. Aber sie ist über ihren Schatten gesprungen, und sie hat auch gesehen, wie sich *deine* Mutter mir gegenüber verhält. Wir müssen ihr vielleicht einfach Zeit lassen.»

«Aber wie soll das gehen, wenn sie nicht einmal an die Hochzeit kommt?» fragte Astrid in die Stille hinein. Einen Moment hatten sie alle einfach geschwiegen und hinaus in die Landschaft geschaut, die nun immer hügeliger wurde, je mehr sie sich ihrem Ziel näherten. «Für mich ist das wie eine Kriegserklärung. Wie kann man sich noch in die Augen blicken, danach?»

«Wartet ab, was heute Abend herauskommt», nahm Debbie wieder das Wort, «vielleicht ändern die Eltern von Chantal ihre Meinung ja doch.»

Dagegen liess sich nichts einwenden. «Die Hoffnung stirbt zuletzt», meinte Astrid. Sie sagte mit einem bitterem Unterton, der schon fast ein wenig sarkastisch klang.

V

Zwischen buckligen Höhen und steilen Tobeln tauchten sie ins Toggenburg ein. Das Wetter war seit Tagen, ja seit Wochen aussergewöhnlich schön und warm, obwohl der Frühling doch erst gerade begonnen hatte. Es schien, als wollten der blaue Himmel und die wärmende Sonne den Menschen den Albtraum nehmen, der über sie alle gekommen war. Je weiter sie fuhren, um so mehr entfernten sie sich vom Grossraum der Städte, und die Schönheit der Welt breitete sich so unschuldig vor ihnen aus, als ob es Corona nicht gäbe.

Nachdem sie ein letztes Dorf und ein letztes Plakat mit der vergeblichen Aufforderung «*Bleiben Sie zuhause*» passiert hatten, wurde die bergwärts führende Strasse gewundener, schmaler, und nur gelegentlich tauchte noch ein Gehöft auf. Ein Traktor kreuzte ihre einsame Fahrt, sonst war weit und breit kein anderes Fahrzeug mehr unterwegs.

«Wir sind gleich da», liess sich Debbie vom Rücksitz vernehmen. «Das ist der letzte Hof vor dem Schulhaus», deutete sie auf ein abseits der Strasse gelegenes Bauernhaus. «Wisst ihr noch? Als ihr das letztemal hier wart, haben wir bei der Bäuerin Milch und Eier gekauft. Schon als Kinder, mit unseren Grosseltern, gingen wir auf den Hof. Sie heissen Bühler, und sie schneiden im Sommer das Gras rund ums Schulhaus. Die Frau ist immer sehr nett.»

«Eigentlich schade», erwiderte Astrid, «dass wir sie nicht einweihen können.»

«Auch ich würde es vorziehen», meinte Chantal, «dass die Heimlichtuerei gar nicht nötig wäre.»

Astrid und Debbie fanden dasselbe. Aber sie sagten es wohl auch Chantal zuliebe. Ihnen machte das Verbotene dieser Hochzeit weniger Mühe. Sie konnten ihm sogar einen Reiz abgewinnen. Die Heimlichkeit machte die Hochzeit zu etwas Besonderem. Ein Geheimnis, das nur wenige teilten, war wertvoller als ein Anlass, von dem alle wussten.

Im Schulhaus angekommen, standen sie mitten im ehemaligen grossen Klassenzimmer und waren sofort gleicher Meinung: Der ganz mit Holz ausgekleidete, grosse Raum mit der – für Toggenburger Verhältnisse – ungewohnt hohen Decke eignete sich, ein wenig geschmückt, für eine feierliche Trauung sehr wohl. Da die Wandtafel längst entfernt war, merkte man dem ehemaligen Klassenzimmer auf den ersten Blick nicht mehr an, wozu es gedient hatte.

Natürlich hätten sich Chantal und Astrid die Zeremonie lieber draussen, unter freiem Himmel gewünscht. Neben dem Schulhaus gab es einen ebenerdigen Platz, den ehemaligen Pausen- und Sportplatz, der für die Trauung und auch für das Fest geeignet gewesen wäre. Doch das kam nicht in Frage. Nur im Innern des Hauses konnte der Anlass unbemerkt bleiben.

Ich hatte dem Brautpaar den Ratschlag gegeben, mit der Hochzeit nicht zu früh anzufangen.

«Je später die Gäste zu euch unterwegs sind, um so weniger Leute treffen sie an. Sämtliche Jogger und

Wanderer sind dann wieder zuhause.» Vor allem aber empfahl ich ihnen, die Trauung nicht an den Anfang zu nehmen. «Am besten plant ihr sie im Laufe des Abends, in einer grossen Pause, nachdem ihr gegessen habt. Draussen ist es dann dunkel. Das macht die Stimmung intimer, und die Gäste sind aufmerksamer.» Ich erzählte ihnen von anderen Paaren, die sich für eine Abendtrauung entschieden und es nicht bereut hatten.

Chantal und Astrid sagte mein Vorschlag zu, und sie planten zum Auftakt der Hochzeit um 18 Uhr einen Apéro. Um 19 Uhr würde das Essen beginnen, um 21 Uhr dann die Zeremonie. Die zusammenklappbaren Festtische würde man nach dem Essen zur Seite räumen, um Platz für die Trauung zu schaffen. Danach würde die Party steigen, bei abgedunkelten Fenstern und akustisch gedämpfter Musik, um weder Töne noch Licht nach aussen dringen zu lassen. Die bis zum Boden reichenden schwarzen Vorhänge hatten offenbar schon dem Schulhaus gedient, vielleicht zur Verdunkelung während des Krieges. Nun würden sie zum erstenmal wieder ihren einstigen Zweck erfüllen.

Stets begleitet von Bravo, Astrids und Chantals Liebling, der das alles interessiert beschnupperte, begaben sich die drei Frauen in die Lehrerwohnung im ersten Stock. Neben der Stube zur Linken lagen auf der anderen Seite die Schlafkammern. Eine war für das Brautpaar gedacht, die anderen für zwei weitere Paare, während Debbie und Tim – so hatten sie es besprochen – mit den Sofas in der Stube vorlieb nehmen wollten.

Chantal und Astrid blickten in die Kammer hinein, die eine Nacht lang ihnen gehören sollte. «Hier verbringen wir unsere Hochzeitsnacht», stellte Astrid amüsiert fest. Sie zeigte auf die beiden nebeneinander geschobenen, altertümlichen Betten, die fast das ganze Zimmer ausfüllten, und schaute Chantal verschwörerisch lächelnd an.

«Komm, wir probieren sie aus» forderte Astrid ihre Verlobte auf und nahm sie sogleich bei der Hand, um sie in die Richtung der Betten zu ziehen. Chantal liess sich zuerst willig mitziehen, aber dann löste sie sich aus der Hand von Astrid und schüttelte den Kopf.

«Nicht jetzt», sagte sie, «erst am Samstag.»

«Ich weiss», lenkte Astrid ein, «du denkst an deine Eltern.» Und etwas weniger nett, fügte sie bei: «Du denkst immer nur an deine Eltern. Sie sind dir wichtiger als ich es dir bin.»

Als mich Chantal am frühen Abend nach der Rückkehr von ihrem Ausflug ins Toggenburg anrief, erzählte sie mir nicht nur, wie es gewesen war und was sie alles besprochen hatten, sie musste auch die Szene mit Astrid irgendwie loswerden. Denn obwohl Debbie daneben stand, hatten sie zu streiten begonnen, und die ganze Angespanntheit der Situation hatte sich zwischen ihnen entladen.

Chantal machte nicht nur zu schaffen, dass der Platz ihrer Eltern und Grosseltern leer bleiben würde – auch die Illegalität dieser Hochzeit und die Ungewissheit, ob sie gelingen würde, war für Astrids Verlobte noch immer verunsichernd.

Sie fühlte sich nicht verstanden von Astrid, für die alles lösbar und leicht schien. Vor allem aber hörte ich aus Chantals Worten heraus, dass ihre Zweifel, so kurz vor der Hochzeit, auch vor ihrer Beziehung nicht halt machten. Sie wusste plötzlich nicht einmal mehr, ob sie Astrid heiraten wollte. Das war wohl auch der Grund, warum sie sich mir so aufrichtig anvertraute.

Ich versuchte sie zu beruhigen und argumentierte, dass unerwartete Zweifel vor jeder Hochzeit auftreten konnten. Aber ich war mir nicht sicher, ob meine Worte etwas bewirkten. Denn obwohl ich von meinem Charakter her eher zu Astrid neigte, war ich neutral genug, um Chantal doch zu verstehen. Auch ich zögerte, ob ich eine Trauung ohne die Eltern, die sie trotz allem liebte, mit Überzeugung befürworten konnte. Und von der Infragestellung der Hochzeit war es nicht weit bis zur Infragestellung der Liebe. Auch darin konnte ich Chantal begreifen. Ohne dass sie es wollte, musste es ihr auf einmal so vorkommen, als würden alle Sicherheiten sich auflösen.

Debbie gelang es durch gutes Zureden, dass sich Chantal und Astrid schicksalsergeben umarmten und wieder versöhnten. An der Ungewissheit hatte sich nichts geändert, doch vorerst war die Spannung entladen, und nachdem sie zu dritt in der ehemaligen Lehrerwohnung etwas gegessen hatten, beschlossen sie, den Wanderweg auszukundschaften, den sie die Südroute nannten und der am Schulhaus vorbei ins Tal hinab führte.

Die zweite mögliche Route von Norden her hatten Debbie und Tim schon am Wochenende begangen und festgestellt, dass sie auch in der Nacht, für den Rückweg in Frage kam. Sie erwies sich als eine Waldstrasse für die Holzfäller. Weiter vorn, wo die Waldstrasse in die Landstrasse mündete, hatten Debbie und Tim mehrere Parkiermöglichkeiten entdeckt, sodass die Autos nicht alle am gleichen Ort abgestellt werden mussten.

Die drei Frauen liessen den Wagen beim Haus zurück und machten sich unter Debbies Führung auf den Weg Richtung Tal. Bravo wurde nicht müde, die Stecken zu holen, die man ihm warf, obwohl der Weg, auf dem er hinauf und hinunter rannte, an manchen Stellen recht abschüssig war.

Trotzdem befanden die drei, den Hochzeitsgästen sei zuzumuten, auch diesen Weg in der Nacht zu benützen. Die Taschenlampen der Smartphones würden genügen, und vor allem konnten die Gäste zusammenbleiben. Sich aufzuteilen in kleine Grüppchen, wie auf dem Hinweg, würde nicht notwendig sein, weder auf der Süd– noch auf der Nordroute. Dass ihnen jemand entgegenkam, war in der Nacht ziemlich ausgeschlossen.

Nach guten zwanzig Minuten erreichten sie den am Waldrand befindlichen Parkplatz, von dem aus ein Strässchen zur weiter unten liegenden Hauptstrasse führte. Sie lasen auf der Wanderwegtafel, dass der Ort »Brand« hiess. Weit und breit war kein Haus zu sehen, doch mehrere Autos befanden sich auf dem Parkplatz, und aus einem der Wagen liess eine ältere

Frau in diesem Moment ihren Hund herausspringen, um mit ihm spazierenzugehen.

Einen Augenblick blieb sie stehen, nahm den Hund an die Leine – was auch Astrid mit Bravo tat – und musterte die drei Freundinnen. Sie hielt sie zu Recht für Auswärtige und wunderte sich wahrscheinlich, was die drei hier mitten im Lockdown verloren hatten.

Kaum war sie mit ihrem Hund verschwunden, tauchte ein weiteres Auto auf. Der Parkplatz schien sehr beliebt zu sein – an Wochenenden vermutlich erst recht. Auf keinen Fall durften deshalb die Autos der Gäste alle hier abgestellt werden. Auch deshalb nicht, weil keines von ihnen ein hiesiges Kennzeichen aufweisen würde. Niemand der Gäste war im Kanton St. Gallen wohnhaft.

Der Wagen, der sich dem Parkplatz genähert hatte, hielt an, und ein älterer Mann stieg aus, der ebenfalls einen Hund bei sich hatte. Freundlich und ohne Argwohn grüssend, ging er an Chantal, Astrid und Debbie vorbei, die ihr Gespräch unterbrachen, darauf gefasst, gefragt zu werden, was sie hier wollten, da es doch hiess, man solle zuhause bleiben.

Nachdem sich der Mann entfernt hatte, überlegten sie weiter. Am einfachsten wäre es, meinte Debbie mit einem Seufzer, alle würden per ÖV kommen. Dann wäre das Parkplatzproblem gelöst. Aber das würde nichts nützen, denn die Gäste hätten dann keine Möglichkeit mehr, in der Nacht nach Hause zurückzufahren. Und die meisten würden sowieso nicht die Bahn nehmen wollen.

Nachdem sie zu Fuss zum Schulhaus zurückgekehrt waren, um das Auto zu holen und wieder ins Tal zu fahren, suchten sie in der Nähe vom «Brand» weitere Parkiermöglichkeiten. Sie wurden fündig und markierten die Plätze auf einer Karte von der Region, die Debbie aus dem Schulhaus mitgebracht hatte. Zufrieden mit ihrer Planung, fast schon etwas euphorisch machten sie sich danach auf den Heimweg. Debbie konsultierte den Wetterbericht, der für die kommenden Tage bis und mit Samstag weiterhin schönstes Frühlingswetter verhiess. Ihr Vorhaben, so schien es, stand unter einem guten Stern. Sie fuhren hinein in die Abendsonne, drehten die Musik, die sie hörten, lauter, und Astrid und Debbie sangen dazu.

Chantal stimmte nicht ein. Als Astrid und Debbie es merkten, hörten sie auf zu singen. Denn sie wussten, woran Chantal dachte: Dass am gleichen Abend das Treffen der Eltern stattfand. Und voraussichtlich war das Zustandekommen der Hochzeit auch nachher immer noch ungewiss. Aber nicht wegen Corona.

VI

Auch ich war natürlich gespannt, was beim Treffen der Eltern des Brautpaars herauskommen würde, und als am späteren Mittwochmorgen mein Handy läutete, konnte es niemand anders als Chantal sein. Sie hatte versprochen, mich anzurufen, und offensichtlich war dies auch ihr ein Bedürfnis.

Dass sie mit ihren Tränen kämpfte, hörte ich schon aus den ersten Worten heraus, und ich ahnte sofort, dass der Abend genau so verlaufen war, wie Chantal befürchtet hatte.

«Meine Eltern», begann sie, und ihre Stimme verhärtete sich, «werden nicht kommen. Definitiv. Astrids Eltern haben überhaupt nichts erreicht. Ich bin ihnen dankbar, dass sie den Versuch unternommen haben, aber ich wusste von vornherein, dass es nichts nützen wird.»

Ich bat sie, mir zu schildern, wie der Abend verlaufen war, und Chantal erzählte mir, was ihnen Astrids Mutter Christiane – eine gebürtige Hamburgerin – nach dem Treffen berichtet hatte. Chantals Eltern Sybille und Werner waren sehr nett gewesen, hatten Apérohäppchen und Wein aufgetischt und sich bemüht, einen aufgeschlossenen Eindruck zu hinterlassen. Chantals Mutter Sybille betonte mehrmals, dass sie sich auf die Vermählung der beiden gefreut habe. Sie beteuerte, dass nur eines zähle für sie: ihre Tochter glücklich zu sehen – wobei ihr Christiane das nicht ganz abnahm.

Chantals Vater Werner schloss sich den Äusserungen seiner Gattin an. Er unterstrich, wie gut er Chantals Verlobte mochte und dass eine Hochzeit zwischen zwei Frauen für ihn kein Problem sei. Doch dann wurde er ernst. Ganz in der Haltung des Schulleiters, der den Behörden Gehorsam schuldet, bezeichnete er ein Hochzeitsfest in der gegenwärtigen Situation als absolut intolerabel. Die Absicht von Chantal und Astrid fand er verantwortungslos. Ein solches Fest sei die beste Gelegenheit für das Virus, sich zu verbreiten. Bis sich die Lage wieder beruhigen werde, sei Verzicht das Gebot der Stunde. Deshalb hätten die Hochzeitsgäste sicher grösstes Verständnis für eine erneute Absage.

Sybille pflichtete ihrem Mann bei und meinte, eine verbotene Hochzeit würde das Brautpaar gar nicht geniessen können. Da könne keine Feierlichkeit entstehen. Ihre Tochter jedenfalls würde nicht mit Freude dabei sein. Sie habe im Gegenteil eher den Eindruck, dass Chantal von der ganzen Sache gestresst sei.

«Und dann sagte sie offenbar», fuhr Chantal erbittert fort, «dass die Hochzeit im jetzigen Zeitpunkt hauptsächlich Astrids Idee sei. Ich selber würde nur um des Friedens willen mitmachen.»

«Natürlich war es Astrids Idee», fügte sie nach einer Pause hinzu, «aber ich will doch auch nicht mehr warten. Und ich finde die ganzen Einschränkungen genauso sinnlos und übertrieben. Der Gedanke, dass wir uns dem widersetzen, gefällt mir noch immer.»

«Wie haben Astrids Eltern darauf reagiert», fragte ich Chantal, «dass dich Astrid zur Hochzeit am nächsten Samstag sozusagen gedrängt haben soll?»

«Sie protestierten natürlich», erwiderte Chantal, «und Luc, Astrids Vater sagte, er habe mich stets als selbstbewusste Person erlebt, die nichts mit sich machen lässt, was sie nicht selber will. Er empfinde unsere Partnerschaft als sehr ebenbürtig – auch wenn wir verschiedene Temperamente hätten.»

Christiane lenkte dann offenbar etwas ein und gab zu, dass auch sie den Zeitpunkt der Hochzeit nicht unbedingt glücklich finde. Aber wenn die zwei es so wollten, habe sie dann gesagt, müsse man es respektieren. Sie jedenfalls werde den Beiden keine Hindernisse in den Weg legen.

«Astrids Mutter versicherte meinen Eltern, dass wir alles gut geplant und durchdacht hätten. Die Hochzeit finde an einem abgelegenen Ort statt, wo niemand Verdacht schöpfen werde. Darauf wollte mein Vater – rein informativ, wie er sagte – erfahren, wo denn dieser Ort sei, aber das wissen Astrids Eltern ja selber noch nicht.»

«Astrids Vater fragte uns gestern Abend noch vor dem Treffen mit meinen Eltern, wieviele Gäste insgesamt zugesagt hätten. Das hat er meinen Eltern dann vorgerechnet. Natürlich betonte er ganz besonders, dass Dominik, mein älterer Bruder kommt, dass Lilian, seine Partnerin, meine neue Trauzeugin ist, dass meine Lieblingstante Sofia zugesagt hat und mein Cousin Valentin mit seiner Freundin.»

«Meine Eltern wussten darüber bereits Bescheid, und sie hatten es weder meinem Bruder noch meiner Tante ausreden können, am Samstag dabeizusein. Dafür trumpften sie mit meinem jüngeren Bruder auf, der abgesagt hat, und zuletzt erwähnte mein Vater dann seine Eltern – meine Grosseltern. Er weiss, wie gern ich vor allem meine Grossmutter habe und wie sehr ich auch sie am Samstag vermissen werde. Das Risiko einer Ansteckung, meinte er, wäre meinen Grosseltern viel zu gross. Aber ich weiss nicht, ob er das nur behauptet, um mir vorzuhalten, wie egoistisch ich sei.»

Chantal schwieg einen Augenblick ziemlich mutlos, bevor sie fortfuhr:

«Es war nichts zu machen. Auch als die Eltern von Astrid meine Eltern ganz direkt fragten: Wollt ihr eure eigene Tochter am Tag ihrer Trauung wirklich im Stich lassen? – liessen sich weder mein Vater noch meine Mutter irgendwie umstimmen. Ich glaube, sie wissen sehr gut, dass ich unsicher bin und ohne sie nicht heiraten möchte. Deshalb fühlen sie sich am stärkeren Hebel. Sie sahen offenbar ein, dass sie Luc und Christiane nicht auf ihre Seite ziehen können. Also bleiben sie stur und hoffen, ich gebe auf.»

«Ich finde es wichtig», sagte ich nun, «dass du dich zu nichts drängen lässt. Fühle dich frei, zu entscheiden, was für dich richtig ist. Wenn du dir deine Heirat ohne deine Eltern nicht vorstellen kannst, dann müsst ihr die Hochzeit absagen. Heiraten darf nicht mit negativen Gefühlen belastet sein. Das würde euch noch Jahre danach belasten.»

«Dasselbe hat auch Astrid gesagt. Wir haben uns nach dem Telefon ihrer Mutter nur kurz gesehen, weil Astrid heute wieder Homeoffice hat und arbeiten muss. Sie will die Entscheidung ganz mir überlassen. Eine erneute Absage wäre eine grosse Enttäuschung für sie, das ist mir bewusst, aber dass sie mich nicht überreden will, macht es leichter für mich.»

«Meldet euch einfach», erwiderte ich, «sobald ihr etwas entschieden habt. Aber eines möchte ich doch noch sagen: Wenn ihr an der Hochzeit am Samstag festhaltet, wird es für deine Eltern nicht einfach sein, konsequent zu bleiben.»

«Du kennst meine Eltern nicht», seufzte Chantal.

«Und warum telefonierst du nicht selber mit deiner Grossmutter? Sie ist die Mutter deines Vaters und hat auch ein Wort mitzureden. Du hast doch gesagt, dass sie dir ihren Segen für die Heirat mit Astrid gab. Vielleicht kannst du sie überzeugen.»

Chantal hatte sich das auch überlegt, den Gedanken aber wieder verworfen, weil ihr Grossvater sicher dagegen wäre.

«Versuch' es trotzdem.» Ich wollte ihr Mut machen. Vielleicht waren wirklich noch nicht alle Türen geschlossen.

Eine Stunde später erhielt ich von Chantal ein SMS: «Ich hab's probiert, aber wie zu erwarten war: der Grossvater ist dagegen. Mein Vater hat heute morgen mit ihnen telefoniert. Keine Chance.»

Begleitet war die Nachricht von einem schwarzen Herz. Ich schrieb nicht zurück. Was konnte ich noch für die beiden tun? – Während des ganzen Mittwochs hörte ich nichts mehr von Chantal und Astrid. Auch der Donnerstag verging ohne Nachricht. Sie machten es spannend.

Am Donnerstagabend dann, als ich schon selber nachfragen wollte, erschien Chantals Name auf meinem Display. Sie meldete sich mit den Worten: «Wir machen die Hochzeit.» Ihre Stimme klang nach einer Entschlossenheit, die befürchtet, sogleich wieder schwach zu werden.

«Ich gratuliere euch», sagte ich überrascht und fragte: «Wie seid ihr zu dieser Entscheidung gekommen?»

«Meine Mutter hat es mir leicht gemacht», erwiderte Chantal. «Sie telefonierte mir heute Mittag und wollte wissen, ob wir die Hochzeit jetzt abgesagt hätten. Sie redete so, als könnten wir gar nicht anders als absagen. Sie argumentierte auch mit der Rücksichtnahme auf meine Grosseltern, obwohl sie ihre Schwiegermutter sonst nicht so heiss liebt. ‚Deine Eltern bitten dich darum‘, das sagte sie mehr als nur einmal. Darauf habe ich ihr geantwortet, dass ich mir nach wie vor wünschte, sie würden auch kommen – worauf sie ihren Tonfall änderte und über mich und Astrid herzog, als wären wir ungezogene Gören. Da wurde mir klar: Jetzt will ich erst recht am Samstag heiraten. Dann sind meine Eltern halt nicht dabei. So richtig vermissen werde ich nur meine Grossmutter.»

Chantal informierte mich dann, sie würden jetzt allen Gästen einen Plan für die Anreise schicken, mit Angaben, wer wo parkieren und von dort laufen müsse und wer von Tim abgeholt werden würde. Wie besprochen würde auch er sie zum Schulhaus bringen. Wenn ich wollte, könnte ich mit ihnen fahren.

Ich lehnte das Angebot dankend ab und erklärte, dass ich erst gegen Abend zusammen mit Salome, der Sängerin, und Christian, dem Gitarristen anreisen wolle. «Ich schätze, wir treffen ein, während ihr noch am Essen seid. Danach bereiten wir den Raum für die Zeremonie vor – am besten mithilfe der Trauzeugen.» Solange müssten die Gäste vor dem Schulzimmer warten.

«Die Tür geht erst wieder auf, wenn alles bereit ist», sagte ich, «wie an Weihnachten!»

Wir redeten noch eine Weile über die Planung des Abends, und ich merkte, dass sich Chantal zaghaft zu freuen begann.

«Es wird feierlich werden», versprach ich.

«Das glaube ich auch», erwiderte Chantal. Sie sagte es hoffnungsvoll und tapfer zugleich. Dann beendeten wir das Gespräch. Wenn nichts mehr dazwischenkam, würden wir uns am Samstag im Toggenburg wiedersehen.

Wenig später erhielt ich vom Brautpaar den Plan für die Anreise, worauf ich Salome anrief. Auch sie hatte den Plan erhalten und war voller Begeisterung für den ungewöhnlichen Ort. Auf den Fussmarsch freute sie sich genau so wie ich. Wir vereinbarten, dass ich Christian und sie am Samstag gegen Abend bei ihr zuhause abholen würde. Beim Parkplatz, der «Brand» hiess, würden wir das Auto dann stehenlassen und zu Fuss weitergehen.

«Und wenn uns jemand begegnet, der Christians Gitarre sieht?» fiel Salome ein. Sie schien nun doch ein wenig besorgt und glaubte plötzlich, das Bild eines jungen Mannes mit einem Gitarrenkoffer am Samstagabend könnte den Verdacht nähren, er sei auf dem Weg zu einem festlichen Anlass.

Darin sah ich keine grosse Gefahr – doch Salome wollte noch etwas wissen:

«Habt ihr euch überlegt, was wir tun, wenn uns jemand während der Trauung beobachtet und die Polizei ruft?»

Das Brautpaar, erklärte ich ihr, habe vorgesorgt, damit uns niemand entdecken könne. Ich fasste für sie den Plan noch einmal zusammen:

«Damit wir kein Aufsehen erregen, müssen die Gäste den Weg zu Fuss gehen. Nur das Brautpaar darf bis zum Schulhaus fahren. Die Hochzeit wird ganz im Innern des Hauses, bei abgedunkelten Fenstern durchgeführt werden. Direkt am Haus führt kein Weg vorbei, und nach 18 Uhr im April ist nicht anzunehmen, dass noch Wanderer unterwegs sind.»

Das Risiko, entdeckt zu werden, wäre also sehr klein, beruhigte ich Salome. «Und selbst, wenn uns jemand beobachtet, wird er uns nicht gleich verpfeifen. Nicht jeder Mensch ist ein Denunziant.»

Das fand auch Salome. Offenbar hatte auch sie noch immer ein ungebrochenes Menschenbild. «Und was könnten uns die Behörden schon anhängen?» meinte sie dann. «Im schlimmsten Fall eine Busse. Aber wie büsst man eine ganze Hochzeitsgesellschaft?»

Auch ich stellte mir diese Frage, nachdem ich mich von Salome verabschiedet hatte. Realistisch betrachtet, wäre die Polizei bestimmt in der Lage, alle Gäste zu büssen. Sie würde möglicherweise sogar ein Exempel an uns statuieren wollen. Ich sah die Schlagzeile in der Zeitung schon vor mir: «Illegale Hochzeit von der Polizei aufgelöst». Aber soweit wollte ich gar nicht denken. Eine gesprengte Hochzeit wäre schlimm für das Brautpaar. Vor allem Chantal würde das nicht verkraften. Sie würde es wie ein schlechtes Omen für ihre Ehe mit Astrid sehen. Und der Gedanke, dass ihre Mutter doch recht gehabt hatte, würde sie nicht mehr loslassen.

Das ungestörte Gelingen der Trauung, für die ich verantwortlich war, musste auch mir ein Anliegen sein. Das war ich dem Brautpaar schuldig, sonst hätte ich ihnen die Hochzeit zu diesem Zeitpunkt ausreden müssen. Stattdessen hatte ich sie dazu ermutigt. Einen Augenblick wurde ich unsicher, doch dann gewann meine Zuversicht wieder die Oberhand. Ich beruhigte mich mit der Gewissheit, dass das Risiko, entdeckt und verraten zu werden, wirklich sehr klein war.

VII

Am Freitag kurz vor Mittag erhielt ich von Chantal ein SMS: «Meine Grossmutter kommt doch!»

Der Satz sprühte vor Freude. Und vor Erleichterung. Warum aber schrieb sie nur von ihrer Grossmutter?

«Omama kommt allein», erzählte mir Chantal, als ich ihr telefonierte. «Heute Morgen rief sie mic an, um mir zu sagen, dass ihr der Gedanke an meine Hochzeit eine schlaflose Nacht beschert habe. Wenn schon deine Eltern nicht kommen, sagte sie mir, dann möchte wenigstens ich bei dir sein. Meine Enkelin an ihrer Hochzeit im Stich zu lassen, das geht doch nicht! – Opapa habe sie nicht überzeugen können, also werde sie ohne ihn kommen. Mein Bruder, zusammen mit Lilian, wird sie zum Schulhaus fahren. Und bereits hat sich Tim anerboten, sie am späten Abend wieder nach Hause zu bringen. Sie wird der wichtigste Gast sein!»

«Wissen deine Eltern schon, dass sie kommt?» fragte ich die glückliche Chantal.

«Sie hat es meinem Vater gesagt, noch bevor sie mich anrief. Und sie hat ihm dasselbe erklärt wie mir: Dass mich meine Familie an diesem Tag doch nicht allein lassen könne. Ich glaube, sie hat meinem Vater richtig die Meinung gesagt, so von Mutter zu Sohn. Sie kann sehr entschieden sein, da ist sie ähnlich wie meine Mutter, aber halt mit mehr Liebe. Deshalb mögen sich ja die beiden auch nicht besonders.»

«Und sie hat deinen Vater nicht dazu bewegen können, seinen Entschluss noch einmal zu überdenken?»

Offenbar hatte auch sie keine Chance, war Chantals Eindruck. «Er hat ihr im Gegenteil wieder Angst zu machen versucht. Sie müsse verrückt sein, in der jetzigen Situation unter die Leute zu gehen. Als Seniorin sei sie doppelt gefährdet, und sie gefährde auch ihren Mann, meinen Grossvater. Darauf meinte meine Grossmutter, sie könne gut auf sich selber aufpassen, und ausserdem sei sie bei guter Gesundheit.»

«Meinem Grossvater gehe es ebenfalls gut. Sie habe mit ihm gesprochen, doch er habe gesagt, er teile die Meinung von meinem Vater, und er bleibe bei seiner Absage, die er mir schon persönlich mitgeteilt hat. Meinem Grossvater geht es mehr darum, dass Anlässe mit mehr als 5 Personen im Moment nicht erlaubt sind, und er findet, man müsse sich daran halten.»

«Aber er hat deine Grossmutter nicht daran zu hindern versucht, morgen zu kommen?» zweifelte ich.

«Das würde nichts nützen», lachte Chantal. «Wenn sie etwas beschlossen hat, lässt sie sich nicht davon abbringen. Oh, ich freue mich so, Nicolas, du kannst dir das gar nicht vorstellen!»

Ich war froh über Chantals Nachricht, und ich sagte es ihr. Die Teilnahme ihrer Omama verscheuchte die Schatten, die noch über der Hochzeit gelegen hatten. Auch mir selber kam es so vor, als habe sich alles erhellt und als wäre der Anlass zwar nach wie vor unerlaubt, aber moralisch gesegnet.

Dass die Eltern Chantals und ihr jüngerer Bruder bei ihrer Verweigerung blieben, war immer noch traurig. Doch erzwingen konnte man nichts, und Chantals Gefühle zu ihren Eltern waren inzwischen eher von Gleichgültigkeit als von Enttäuschung bestimmt. Sie konnte sich endlich mit Astrid zusammen freuen auf den morgigen Tag – was auch meine Rolle erleichterte.

Vorsichtshalber verriet Chantal ihrer Grossmutter nicht, wo genau die Hochzeit stattfinden werde. Sie sagte ihr nur, es sei «ein Ort in der Ostschweiz». Alle anderen Gäste dagegen waren nun informiert, um welchen Ort es sich handelte, und Astrid und Chantal hofften natürlich, dass keiner von ihnen so gedankenlos war, Drittpersonen davon zu erzählen. Aber die Dinge nahmen nun ihren Lauf, und wir konnten nicht mehr zurück. Und obwohl ich schon so viele Trauungen hinter mir hatte, wurde ich tatsächlich ein wenig nervös.

In einer weiteren Nachricht informierte mich Astrid, dass ein befreundetes Paar in letzter Minute erklärte, doch nicht kommen zu können, weil sie für ihre Zwillinge keinen Babysitter gefunden hätten. Die Erklärung des Paares tönte nach einer Ausrede, doch Astrid blieb freundlich und sprach ihr Bedauern aus, als sie den beiden antwortete. Fast zur gleichen Zeit meldeten sich dafür zwei eingeladene Frauen, die zunächst abgesagt hatten, nun aber fragten, ob sie doch kommen dürften. Ihre Zusage hatte nach Astrids Vermutung damit zu tun, dass die beiden als

Geschäftsführerinnen eines Fitnessstudios ebenfalls vom Lockdown betroffen waren. Und sie waren offensichtlich jetzt «aufgewacht», wie Astrid es formulierte.

Sie zitierte mir ein paar Sätze aus der Nachricht der beiden:

«Eure Einladung hat bei uns etwas ausgelöst. Wir waren zuerst dagegen, aber dann haben wir viel geredet und schliesslich erkannt, dass ihr recht habt, weil diese Einschränkungen total übertrieben sind. Dass ihr die Hochzeit trotz allem durchführen wollt, hat uns beeindruckt. Wir finden euch mega mutig und möchten deshalb dabeisein, wenn das noch möglich ist.»

Es war möglich. Die beiden Fitnessfrauen rückten an die Stelle des Paares, das abgesagt hatte.

Der Nachmittag hatte noch nicht begonnen, als ich einen Anruf von einer Nummer bekam, die ich nicht kannte. Nichtsahnend nahm ich den Anruf an, als eine weibliche Stimme mich fragte:

«Sind Sie Nicolas? – Ich bin Sibylle, die Mutter von Chantal.»

Ihr völlig unerwarteter Anruf überrumpelte mich. Und obwohl ich mir keiner Schuld bewusst war, fühlte ich mich im ersten Moment wie früher, als Kind, wenn eine Autoritätsperson das Zimmer betrat und mich ertappte, wie ich mich gerade über sie lustig machte.

«Bitte entschuldigen Sie, dass ich Sie einfach so anrufe», fuhr sie fort, «aber vielleicht erinnern Sie sich: Sie haben Chantal erlaubt, mir Ihre Nummer zu geben, damit ich Sie wegen der Blumendeko anrufen kann. Ich übernahm das für meine Tochter, die Blumenarrangements für die Trauung. Aber dann musste die Hochzeit ja abgesagt werden.»

«Ich glaube», begann ich erstaunt, «sie findet nun trotzdem statt –»

«Das weiss ich natürlich», erwiderte Chantals Mutter, «darum geht es mir ja. Wie Ihnen meine Tochter vermutlich erzählt hat, finden mein Mann und ich eine Heirat in der gegenwärtigen schwierigen Situation keine gute Idee. Wir finden es, wie soll ich sagen – verantwortungslos.»

Sie liess das Wort einen Augenblick nachklingen, um seine Wirkung zu unterstreichen. Schnell ergänzte sie dann, um jeden Verdacht zu zerstreuen: «Bitte verstehen Sie uns nicht falsch. Wir stehen der Heirat unserer Tochter absolut positiv gegenüber. Aber Sie wissen selbst, dass grössere Anlässe zurzeit nicht erlaubt sind. Man soll überhaupt zu Hause bleiben. Daran, finde ich, sollten wir alle uns halten.»

Um mir keine Gelegenheit zu geben, sie zu unterbrechen, redete sie ohne Pause weiter: «Ich verstehe natürlich Chantals Enttäuschung. Sie hat sich so auf die Hochzeit gefreut. Aber jetzt ist einfach nicht die richtige Zeit dafür. Wir alle müssen in diesen Wochen verzichten. Dann darf ich das auch meiner Tochter zumuten. Es handelt sich nur um eine Verschiebung, mehr nicht. Was ist daran so schlimm, habe ich zu Chantal gesagt –»

«Das Problem ist nur –», unterbrach ich sie, doch Chantals Mutter war noch nicht fertig:

«Ich weiss, ich weiss, alles ist für morgen schon vorbereitet. Aber noch ist es nicht zu spät, die Notbremse zu betätigen. Ich habe das einmal als Kind gemacht, als wir auf der Schulreise waren und ich vom Zugfenster aus ein junges Reh sah, das sich in einem Drahtzaun verheddert hatte. Da zog ich die Notbremse, denn das Reh war in Not, also durfte ich das. Ich musste es sogar tun!»

Da sie eine Sekunde innehielt, fragte ich sie: «Und was wollen Sie mir damit sagen? Dass ich das Brautpaar allen Ernstes dazu bewegen soll, die Hochzeit abzublasen?»

Chantals Mutter sah sich bereits am Ziel: «Ja, darum bitte ich Sie. Und ich gelange an Sie, weil wir vergeblich versuchten, unsere Tochter umzustimmen. Wir erreichen sie nicht mehr. Sie hört nur noch auf ihre Freundin.»

Es war das erste Mal, dass sie Astrid erwähnte – doch sie vermied es auch jetzt, ihren Namen zu nennen. Und auch mir gegenüber unterstellte sie ihrer eigenen Tochter, dass sie sich von Astrid beeinflussen liess.

«Ich gelange an Sie», sagte sie, ihren Tonfall ändernd, «weil Sie der Einzige sind, der das Steuer noch herumreissen kann. Sie sind älter, Sie haben

Erfahrung mit Trauungen, und es muss Ihnen doch bewusst sein, was morgen geschehen kann, wenn die Hochzeit tatsächlich stattfindet. Die Gefahr besteht, dass jemand den Virus mitschleppt und alle sich anstecken. Vor allem für die älteren Gäste könnte das schlimm ausgehen. Ich weiss nicht, ob Sie die Bilder aus Italien gesehen haben. Wollen Sie das im Ernst provozieren?»

Sie gab sich selber die Antwort: «Das können Sie doch nicht wollen! – Sie werden jetzt sagen, dass ein Entscheid über die Verschiebung der Hochzeit nicht bei Ihnen liegt, sondern bei Chantal und ihrer Freundin. Aber eine Mitverantwortung haben auch Sie. Ihre Tätigkeit ist doch eine seriöse Tätigkeit. Ich habe die Texte auf Ihrer Website gelesen, und ich muss sagen, was Sie über die freie Trauung schreiben, das hat mich sehr angesprochen. Ich bin auch keine Kirchgängerin, und ich sagte zu meinem Mann: Wenn ich noch einmal heiraten würde, dann bei ihm! – Aber nun frage ich Sie: Wie lässt sich die Qualität Ihrer Arbeit und der gute Ruf, den Sie haben, damit vereinbaren, dass Sie einen Anlass unterstützen, der illegal ist? Hätten Sie da nicht Nein sagen müssen?»

Ihre letzten Sätze hatten den Tonfall einer Anklage angenommen. Sie wollte mir ins Gewissen reden, und es gelang ihr tatsächlich, den wunden Punkt aufzustöbern. Die Frage von Chantals Mutter hatte eine gewisse Berechtigung: Durfte ich durch meine Teilnahme zum Risiko beitragen, dass die Hochzeit aufflog? Dass Gäste erkrankten? Hätte ich Chantal und Astrid nicht doch dazu raten müssen, ihren grossen Tag zu verschieben – wäre das letztlich nicht die bessere, entspanntere Lösung gewesen? Mehr als nur einmal hatte ich mir diese Gedanken gemacht. Doch es war ihnen nicht gelungen, meine Überzeugung ins Wanken zu bringen.

Als mich ein Brautpaar vor einigen Jahren anfragte, ob ich sie in einer Eisgrotte, bei minus zehn Grad, trauen wolle, hatte ich abgelehnt. Ich fand eine solche Trauung zuwenig ernsthaft. Nicht die Liebe zwischen den beiden stand im Vordergrund, sondern der spektakuläre Ort, die Attraktion einer Gletschergrotte.

Auch als eine Braut mich fragte, ob ich die Trauung nur mit ihr planen wolle, der Bräutigam dürfe davon nichts wissen, sie wolle ihn überraschen – auch da hatte ich abgelehnt. Und als ein Brautpaar den Wunsch äusserte, ob ich die Zeremonie auf eine Viertelstunde herabkürzen könne, hatte ich ebenfalls nein gesagt. Ich nahm nicht unbesehen jede Anfrage an. Es gab Grenzen für mich.

Bei Astrid und Chantal dagegen hatte ich keine Bedenkzeit gebraucht. Ich hatte sofort gewusst, dass ich sie unterstützen würde. Wenn ein Paar seine Liebe über das herrschende Gesetz stellte, über ein Verbot ausserdem, dessen Sinn nicht nur ich selbst, sondern viele andere Menschen bezweifelten, dann durfte ich dieses Paar nicht im Stich lassen. Dann war es auch für mich moralisch vertretbar, ein solches Verbot zu missachten. Dann *musste* ich dies sogar tun, auch wenn ich damit meiner Visitenkarte keinen Gefallen tat und jemand wie Chantals Mutter sich enttäuscht von mir abwenden würde.

Doch den Versuch, die streitbare Dame von meiner Haltung zu überzeugen, unternahm ich schon gar nicht erst. Sie sollte nur wissen, dass sie mich nicht für sich einspannen konnte.

«Die Hochzeit findet statt», entgegnete ich, «so haben es Chantal und Astrid beschlossen und ich werde sie trauen. Das bin ich meinem Ruf sogar schuldig. Ich möchte nicht gelten als jemand, der seine Überzeugung verrät, nur weil sein Image möglicherweise darunter leidet.»

Die Gelegenheit benützend, fand ich es nun an der Zeit, Chantals Mutter meinerseits ins Gewissen zu reden.

«Ich finde es im Gegenteil sehr enttäuschend», begann ich, «dass Sie als Eltern der Trauung Ihrer Tochter fernbleiben. Wie ich höre, wird sogar Chantals Grossmutter an der Hochzeit teilnehmen. Werden Sie den morgigen Tag geniessen können, im Wissen, dass Ihre Tochter heiratet, während Sie zuhause sitzen? Das ist doch einfach nur schade und traurig für alle Beteiligten. Bitte reden Sie noch einmal mit Ihrem Mann darüber und kommen Sie trotzdem. Tun Sie es Chantal zuliebe.»

Da hörte ich, dass Chantals Mutter das Gespräch unterbrochen und aufgehängt hatte. Einen Augenblick fühlte ich mich wie hinausgeworfen. Durch den Abbruch des Anrufs gab mir die Frau das Gefühl, ich sei es nicht wert, von ihr ernstgenommen zu werden. Das war ihr kleiner Triumph. Doch was ich ihr prophezeit hatte, würde genau so geschehen: Wenn sie ihre Tochter trotz allem liebte, dann würde das mor-

gen ein trostloser Tag für die Mutter. Für beide Eltern. Dann würde sich ihre trotzige Absage in ein
weniger stolzes Gefühl verwandeln: in das Gefühl,
ausgeladen worden zu sein. Nicht willkommen zu
sein.

Obwohl mich ihr Gesprächsabbruch ein wenig be-
leidigt hatte, unternahm ich doch noch einen Versuch, Chantals Mutter umzustimmen. Ich schrieb ihr
ein SMS und bat die Eltern noch einmal beide, ihr
Nein zu überdenken. «Sie können sich sogar morgen
noch melden. Tun Sie es. Eine grössere Freude»,
schrieb ich, ohne übertreiben zu müssen, «könnten
Sie Ihrer Tochter nicht machen.»

VIII

Während ich am frühen Samstagnachmittag noch einmal meine Notizen durchging, erfuhr ich im Chat, den wir eingerichtet hatten, dass alles plangemäss lief. Am Vorabend hatte Deborahs Bruder das Mobiliar, die Blumendeko und die Getränke zum Schulhaus gefahren, am Samstagmittag brachte er das in den Boxen warmgehaltene Essen und ein paar weitere Tische hinauf – jetzt befand er sich auf dem Rückweg, um das Brautpaar und Deborah, seine Schwester zu holen.

«Im Schulhaus oben steht alles bereit», meldete Tim.

«Und bei dir?» fragte mich Astrid, die mit Chantal zuhause wartete. «Weisst du schon, wann du losfährst?» Ich spürte ihr die Nervosität durch den Chat hindurch an.

«Kein Stress», schrieb ich zurück, «um 18 Uhr werde ich Salome und Christian bei Salome zuhause abholen. Frage an Tim: Ist dir unterwegs jemand begegnet?»

Debbies Bruder antwortete: «Die Bäuerin beim obersten Hof hat mich vorbeifahren sehen. Sie winkte, ich winkte zurück, fuhr aber weiter, ohne Milch und Eier zu kaufen. War vielleicht nicht so schlau. Jetzt wundert sie sich.»

«Soll sie sich wundern», kommentierte Astrid. «Wir leiden schon unter Verfolgungswahn, bevor die

Hochzeit begonnen hat. Aber wir dürfen uns nicht verrückt machen.»

Ich überlegte einen Moment und fügte hinzu: «So simpel es klingt: Denken wir positiv. Je mehr wir unsere Ängste nähren, um so mehr bedrohen sie uns.»

Ich klickte auf Senden. Wieder dachte ich nach. Dann schrieb ich dem Brautpaar: «Ich glaube fest daran, dass eure Hochzeit gelingt. Wisst ihr warum? Weil es richtig ist, dass ihr sie macht. Und wenn etwas richtig ist, dann hilft uns das Leben.»

Das war ein etwas gewagter Satz. Aber ich liess ihn so stehen.

Mit Salome und Christian im Auto erreichte ich kurz vor 19 Uhr den Parkplatz «Brand», der mir vom Brautpaar zugeteilt worden war. Neben einem St. Galler Auto stand eines mit Zürcher Kennzeichen, das bestimmt Hochzeitsgästen gehörte. Ich parkierte daneben. Zwei Autos mit demselben blauweissen Wappen im tiefsten Toggenburg: War das schon auffällig?

«Es könnten auch Wanderer sein», meinte Salome, als ich beim Aussteigen meine Bedenken äusserte. «Heute war so ein prächtiger Frühlingstag. Warum sollen keine Zürcher hier unterwegs sein?»

Uns dagegen würde man das Wandern nicht glauben. Um 19 Uhr, eine Stunde vor Sonnenuntergang, marschierte hier niemand mehr los. Wir hatten deshalb vereinbart – falls uns jemand ansprechen sollte –, dass wir Salomes Freundin in deren Ferienchalet besuchen wollten. In der Nähe des alten Schulhauses gab es einige weitere Chalets. Deborah hatte uns das gesagt.

Da trat hinter dem Fahrzeug mit der St.Galler Nummer ein Mann mit Wanderstöcken hervor, der uns freundlich anlächelte und in breitem Ostschweizer Dialekt grüsste. Als er auch Christian aus meinem Auto aussteigen sah, deutete er auf den Gitarrenkoffer in Christians Hand und meinte verschmitzt zu uns:

«Jetzt sind Sie extra aus Zürich heraufgekommen, um mir und meiner Frau ein Ständchen zu bringen?»

Hinter ihm erschien jetzt auch seine Begleiterin, um uns interessiert zu mustern. Offenbar vermittelten wir alle drei den Eindruck von Musikern, was für die Sängerin und den Gitarristen zweifellos zutraf. Aber auch mich hielten die Leute oft für ein Bandmitglied.

«Sie möchten ein Ständchen? Machen wir gern für Sie!» Mit einer Handbewegung deutete Christian an, sein Instrument aus dem Koffer zu nehmen, und er hätte es sicher getan, wenn der St.Galler ihn nicht gebremst hätte. «Danke fürs Angebot, danke! Leider müssen wir heim. Unsere Tochter will uns heute Abend besuchen kommen.»

Das Ehepaar hatte es aber doch nicht so eilig. Ein Wort gab das andere, und in fröhlicher Stimmung fragte der Mann: «Wer kommt denn in den Genuss eures Ständchens?»

Salome wechselte einen flüchtigen Blick mit mir und gab lächelnd die Antwort, die wir uns ausgedacht hatten: «Eine Freundin von mir hat uns eingeladen, übers Wochenende zu ihr zu kommen, ins Ferienhaus. Wir sind etwas spät dran – aber es ist ja noch lange hell.»

«Ihr wollt zu den Ferienhäusern hinauf und parkiert hier unten?» wunderte sich der nette St.Galler. Halbwegs zu seiner Frau gewandt, sagte er: «Die Strasse führt doch direkt an den Chalets vorbei. Da könnten Sie sich den Weg durch den Wald doch sparen.»

«Du hast recht», bestätigte seine Gattin, «aber vielleicht wollen sie lieber laufen, Max? Solange die Sonne noch scheint!»
«Genau», nickte Salome eifrig, «wir könnten natürlich schon bis vors Haus fahren. Aber wir wollten noch ein wenig zu Fuss gehen.»

«Wollt ihr zu Widmers?» Der St. Galler, der Max hiess, fragte nicht, als würde er uns nicht trauen. Er war vielleicht einfach nur neugierig. Wieder mehr zu seiner Frau als zu uns gewandt, meinte er dann: «Nein, zu den Widmers wollen sie sicher nicht. Die sind doch schon älter.»

Er überlegte einen Moment und suchte nach einem Namen, so schien es – dann fiel ihm ein: «Die Enkelin der Bischofs natürlich! Weisst du noch, die Bischofs im ehemaligen Schulhaus mit ihren Versammlungen? – Wir haben sie nur noch kurz erlebt, doch wir lernten die Jungen kennen, denen das Haus jetzt gehört.» Er wandte sich wieder an uns: «Sie wollen sicher zu Bischofs, ins alte Schulhaus.»

Er schaute uns vergnügt an, wie jemand, der gerade ein Rätsel gelöst hat, und merkte nicht, dass er uns damit ins Schwitzen brachte. Abstreiten würde nichts nützen, denn offenbar kannte das Ehepaar die Besitzer der Ferienhäuser. Also blieb nur die Flucht nach vorn.

«Stimmt», nickte ich, «dahin wollen wir. Zu Deborah Bischof. Ein wenig Musik machen, etwas kochen, Spiele spielen und ausschlafen. Ein ruhiges Wochenende. Mehr ist zurzeit ja nicht möglich!»

«Da haben Sie recht», meinte der Ostschweizer, «und wenn Sie mich fragen: Diese Massnahmen – alles total übertrieben. Meine Frau und ich führen ein Restaurant. Jetzt, an einem Samstagabend, hätten wir Hochbetrieb. Stattdessen laufen wir hier in der Gegend herum.» Er machte eine wegwerfende Handbewegung ins Dickicht der Bäume, die uns umgaben.

«Das tut uns auch einmal gut», warf seine Gattin ein, «du bist doch gern draussen in der Natur!»

«Ja schon, aber seit inzwischen drei Wochen verdienen wir nichts mehr.» Der Gastwirt geriet in Fahrt, und als er merkte, dass wir ähnlich dachten wie er, freute er sich, auf Gleichgesinnte gestossen zu sein. Auch ich freute mich, dass die Begegnung einen so unverhofften Verlauf nahm und wir nichts von ihm zu befürchten hatten.

Seine Frau dagegen fand es nicht nötig, dass ihr Mann sich in Szene setzte, und sie drängte ihn mit Erfolg zum Gehen, weil doch zuhause die Tochter warte. Auch wir erklärten, dass wir aufbrechen wollten.

Er wünschte uns ein schönes Wochenende. «Geniesst es dort oben», rief er uns, nicht ohne Übermut, zu, «von mir aus könnt ihr die grösste Party feiern!»

«Werden wir!» versprach Christian, während wir bergwärts liefen.

Kaum hatten die beiden ihr Auto bestiegen und den Parkplatz verlassen, blieben wir stehen, schauten uns an – und lachten.

«Wenn alle St. Galler so locker drauf sind», bemerkte Christian, «dann müssen wir uns keine Sorgen mehr machen.»

«Aber mit dem Gitarrenkoffer habe ich recht gehabt», fand Salome. «Ein Instrument macht die Leute neugierig. Vor allem um diese Zeit mitten im Wald!»

«Wenn du mir vor zwei Monaten prophezeit hättest», sagte der Musiker, «dass ich mich nur schon verdächtig mache, wenn ich meine Gitarre mit mir herumtrage, hätte ich dich für verrückt gehalten.»

Wir stimmten ihm zu, doch das Lachen blieb uns im Halse stecken. Eine Weile folgten wir schweigend dem Wanderweg, der mit jedem Meter an Höhe gewann. Ein Biker kam uns entgegengefahren, sonst trafen wir niemanden an. Astrid schickte mir eine Nachricht: «Alles ok? Seid ihr schon in der Nähe? Wir beginnen jetzt mit dem Essen. Es hat mehr als genug, auch für euch! Die Gäste sind alle da. Keine Panne. Wie gesagt – nur Frau Bühler hat etwas gemerkt. Aber nicht schlimm. Bis nachher!»

«Frau Bühler ist die Bäuerin, deren Hof dem Schulhaus am nächsten steht», erklärte ich Salome und Christian. «Da so selten ein Auto bei ihr vorbeifährt, registriert sie jeden Verkehr auf der Strasse. Deshalb hat sie heute auch Tim gesehen. Aber sie ist offenbar nett. Debbie und Tim kaufen jeweils Eier und Milch bei ihr.»

«Und wenn sie nicht so nett wäre?» warf Christian ein. «Wenn es den Medien gelungen ist, ihr Angst einzujagen? Dann müssten wir damit rechnen, dass sie uns meldet. Das ist doch eigentlich schlimm. Ich habe gelesen, dass die Polizei immer mehr Anrufe von Leuten bekommt, die andere denunzieren. Das habe ich in der Schweiz bisher nie erlebt. So etwas gab es doch nur in der DDR. Oder während der Nazi–Zeit!»

Christian war nicht der erste, der solche Vergleiche zog. In den alternativen Medien fiel immer häufiger das Wort Diktatur. Auch ich hatte es schon in den Mund genommen, obwohl die Schweiz trotz der Beschränkung der Freiheitsrechte von einer wirklichen Diktatur weit entfernt war. Doch in anderen Ländern, wo die Menschen ihre Häuser nicht mehr verlassen durften, konnte von Demokratie keine Rede mehr sein.

Während wir weiter den Berg hinauf stiegen, fragten wir uns, was auf uns zukam. Würde der Staat auch bei uns die Schraube immer mehr anziehen? Ein Gefühl der Beklemmung erfasste uns alle drei – bis die Sängerin stehenblieb und auf die goldenen Strahlen der Abendsonne zwischen den Bäumen zeigte.

«Seht ihr das? So schön ist die Welt heute Abend, und wir laufen an ihr vorbei und beklagen uns darüber, wie schlimm sie ist.»

Auch ich blieb stehen – und spürte, wie plötzlich mein Unmut wuchs: «Das ist es ja», rief ich aus, «was mich wütend macht: Dass ich die Welt eigentlich schön finde, dass ich mein Leben liebe, so wie es ist – und dass dieser Virus es schafft, all dies zu verderben, dass er mich zwingt, mich mit ihm zu befassen, obwohl ich das gar nicht möchte. Aber ich kann nicht so tun, als existiere er nicht, weil die Maschinerie, die er ausgelöst hat, uns alle niederdrückt und bedroht, also muss ich dagegen aufstehen und etwas tun, obwohl ich viel lieber diesen prächtigen Frühlingsabend bewundern möchte!»

Die letzten Sätze brachen richtig aus mir heraus.

«Ich empfinde dasselbe wie du», ergriff Salome wieder das Wort. «Aber ich will nicht depressiv werden. Diesen Gefallen will ich ihnen nicht tun.»

Einen Augenblick standen wir alle drei schweigend da, mitten in diesem Tobel im Toggenburg, und horchten in die Stille des Abends hinein. Auch Christian hatte innegehalten und den Gitarrenkoffer hingestellt. Corona rückte weit weg, und tatsächlich hätte man glauben können, die Welt sei in Ordnung. Vielleicht war sie es auch. Vielleicht ist sie immer in Ordnung, auch wenn sie in Unordnung ist. Weil die Unordnung zum Leben gehört.

Wir setzten unsere Wanderung fort, erreichten dann weiter oben das Ende des Waldes, und hielten uns ganz an die Navigation, die uns jetzt auf die Strasse führte. Der Hügelkuppe entlang, um jede Biegung herum, liefen wir weiter, begleitet von den letzten Strahlen der Abendsonne, in gespannter Erwartung, weil das Ziel nicht mehr weit sein konnte.

Ein von der Strasse abzweigender Trampelpfad erwies sich als der Fussweg zum Schulhaus, wie ihn das Brautpaar beschrieben hatte. Wir durchquerten ein letztes Waldstück – dann waren wir da. Das Schulhaus stand an den Hügel geschmiegt, und schaute zu uns herüber, ein altes, freundliches Haus, das bessere Zeiten hinter sich hatte, aber immer noch stattlich und einladend wirkte. Es war ein mit Holz getäferter traditioneller Bau, der sich jedoch von den Bauernhäusern der Gegend durch eine Fensterfront im Erdgeschoss unterschied, die dem Haus wie eine Winterveranda vorgelagert war.

Hinter den grossen Fenstern musste das ehemalige Schulzimmer sein. Wie grelle Lichter spiegelte sich in den Fenstern die Sonne, bevor sie – in diesem Moment – hinter der buckligen Hügelkette im Westen verschwand. Ein letztes Aufleuchten, dann verblassten die Lichter und sogleich wurde die Landschaft ernster und bereits etwas dunkler.

IX

Ein weisser VW–Bus stand vor dem Haus, daneben ein kleiner Personenwagen – alles so wie besprochen, zwei Autos, mehr nicht. Hochzeitsgäste waren keine zu sehen, und auch zu hören war nichts, als wir die letzten Meter hinter uns brachten.

Neben der breiten Fensterfront befand sich unter einem Vordach die Haustür. Wir gingen an den Fenstern vorbei, konnten aber nicht ins Innere sehen, denn die dichten, dunklen Vorhänge waren bereits gezogen worden. Stimmengemurmel, Lachen und Gläserklirren drangen nach aussen – vertraute Geräusche einer grösseren Festgesellschaft, die mit Essen beschäftigt war.

Durch die Haustür betraten wir einen Vorraum, an dessen Wand, an einer Vielzahl von Haken die Mäntel, Jacken und Taschen der Gäste aufgehängt waren. Früher einmal, dachte ich, haben hier die Schulkinder ihre Mäntelchen hingehängt. Jetzt sind die Kinder erwachsen geworden. Am Boden, schön aufgereiht standen die Schuhe der Gäste, die für den Fussmarsch zum Schulhaus gedient hatten – und bereits auf den Rückweg zu später Stunde zu warten schienen.

Im hinteren Teil des Raumes führte eine Treppe in den oberen Stock. Daneben befand sich die Küche, deren Tür offen stand. Auch die Küche musste seinerzeit für die Kinder eingebaut worden sein, um diejenigen, die von abgelegenen Höfen kamen, über Mittag verpflegen zu können.

An diesem Abend nun war das Menu etwas weniger schlicht. Gerade verliess eine jüngere Frau die Küche mit einem grossen Tablett, auf dem sie mehrere liebevoll dekorierte Teller so gekonnt wie möglich im Gleichgewicht hielt. Da das Brautpaar kein Personal eingestellt hatte, musste die jüngere Frau, auch ihrem festlichen Kleid nach zu urteilen, ein Gast sein.

«Hallo», grüsste ich sie, «ich bin Nicolas, und das sind Christian und Salome, der Gitarrist und die Sängerin. Können Sie – oder kannst du die Trauzeugin informieren, dass wir da sind?»

Die Angesprochene stellte das Tablett auf den Tisch, der vor dem Eingang zum Schulzimmer stand, und hiess uns willkommen. «Wunderbar», freute sie sich, «wir haben schon gedacht, wo ihr bleibt! Ich bin auch eine Trauzeugin. Ich ersetze die abgesprungene Evelyne – vielleicht hast du es mitbekommen. Mein Name ist Lilian. Aber warte, ich hole Debbie, sie hat den Überblick mehr als ich.»

Damit nahm sie das Tablett wieder auf. Um ihr zu helfen, öffnete ich die Tür für sie und erhaschte einen Blick in den Saal, der einst ein Klassenzimmer gewesen war, aber kaum noch daran erinnerte. An weissgedeckten Tischen sassen die Gäste in ihren festlichen Kleidern und redeten, lachten und tafelten. Ein feiner Essensduft schwoll mir entgegen, bevor ich die Tür wieder schloss.

«Wenn ich das nur schon rieche», meinte Salome und bekundete, dass sie mächtigen Hunger hatte. Dem Gitarristen und mir erging es nicht anders, aber noch bevor wir uns in die Küche begeben konnten, trat Deborah aus dem Saal. Ich kannte sie schon von unserem Vorbereitungsgespräch, aber diesmal, ganz in violett, sah sie sehr elegant aus. Sie strahlte übers ganze Gesicht, offenbar lief alles wie eingefädelt, und ausserdem, weil ihr das Haus gehörte, war sie natürlich die Gastgeberin.

«Da seid ihr», stellte sie fröhlich fest und umarmte uns geradezu herzhaft, als wollte sie sich von den staatlichen Abstandsregeln wegen des Virus demonstrativ distanzieren. «Wir haben erst jetzt mit dem Hauptgang begonnen, sodass sich die Trauung ein wenig nach hinten verschiebt. Doch wir haben ja Zeit. Eine Polizeistunde gibt es hier nicht.»

«Wir wollen's nicht hoffen», meinte ich lächelnd.

«Wie ich dir schon geschrieben habe», erwiderte Debbie, «nur die Bäuerin hat etwas gemerkt, weil sie Tim schon am Mittag sah. Als er dann später mit mir, mit Chantal und Astrid wieder am Hof vorbeifuhr, trat sie ausgerechnet in diesem Moment erneut aus dem Haus. Diesmal fanden wir, dass wir anhalten müssen. Sie kam ans Autofenster, und nachdem wir uns begrüsst hatten, sagte sie: So, habt ihr ein kleines Fest vor? Ich hätte noch ein paar vorige Eier! Ihr müsst es nur sagen! – Sie meinte es freundlich und lachte dazu, aber in ihrer Stimme lag unüberhörbar ein leiser Vorwurf, weil wir doch sonst immer die Eier holen bei ihr.»

«Und dann, was habt ihr geantwortet?» wollte ich wissen. Vielleicht durften wir uns doch nicht verlassen auf die Loyalität der freundlichen Bäuerin.

«Auf ihre Frage nach dem Fest ist Tim gar nicht eingegangen. Zum Glück nicht, denn er hätte nur lügen können. Stattdessen sagte er: Klar, Eier können wir bestens brauchen. Dann stieg er aus und kaufte bei Frau Bühler die Eier, während wir im Auto drin warteten. Beim Abschied meinte sie nur: Ich wünsche euch einen schönen Abend. Dazu machte sie ein schlaues Gesicht, als habe sie ganz genau gemerkt, dass wir etwas Grösseres vorhaben. Sie hat uns seither bestimmt ein wenig beobachtet. Das Schulhaus selbst ist zwar vom Bauernhaus aus nicht zu sehen, weil Bäume die Sicht verdecken. Aber die Zufahrt, wo die zwei Autos stehen, sieht man.»

Debbie überlegte einen Moment. «Sorgen müssen wir uns trotzdem nicht machen», fuhr sie dann fort, «ich kann mir nicht vorstellen, dass Frau Bühler so scheinheilig ist. Vor allem will sie uns weiterhin ihre Eier und ihre Milch verkaufen.»

Mit diesem letzten Argument überzeugte sie mich. Niemand will seine Kundschaft verlieren. «Sind tatsächlich alle Gäste gekommen?» wechselte ich das Thema, «sogar Chantals Grossmutter?»

«Sie ist auch da», bestätigte Debbie, «Chantals Bruder – ihr Enkel – und seine Partnerin Lilian haben sie mitgenommen. Ihnen gehört das zweite Auto, das draussen parkiert ist.» Die Trauzeugin kam ins Schwärmen: «Diese Omama ist der absolute Ehrengast. Chantal konnte es nicht fassen vor Glück, als sie ankam, sie wollte sie nicht mehr loslassen. Im Nachhinein finde ich: Wäre sie *nicht* gekommen, hätten wir die Hochzeit besser verschoben. Chantal hätte den ganzen Abend geweint. Aber mit ihr ist die

Hochzeit gerettet. Die Grossmutter macht wieder gut, dass die Eltern von Chantal nicht da sind.»

«Von den Eltern hat Chantal nichts mehr gehört?»

«Nichts, nicht einmal ein SMS. Dafür hat ihr Daniel, der ältere Bruder, eine Nachricht geschickt. Darin gab er noch einmal zu, dass er aus blosser Rücksicht auf seine Frau, die Ärztin, abgesagt habe.» Debbie entrüstete sich: «So ein Schwächling. Verpasst die Hochzeit seiner eigenen Schwester, weil er sich nicht durchsetzen konnte. Er hätte allein kommen können – seine eigene Grossmutter hat es ihm vorgemacht. Sie liess den Grossvater auch zuhause. Starke Frauen!»

Wir erzählten Salome und Christian in ein paar Worten das Trauerspiel im Vorfeld der Hochzeit, dann sorgten Debbie und Lilian dafür, dass wir in der Küche etwas zum Essen und Trinken bekamen. In einem der Zimmer im oberen Stock konnten wir uns dann umziehen. Um 21 Uhr, nach dem Hochzeitsessen, würden die Gäste den Raum verlassen, sodass wir mit Tim und den Trauzeuginnen alles für die Zeremonie bereitmachen konnten. Astrid und Chantal würden sich in ihr eigenes Zimmer zurückziehen und erst wieder erscheinen, wenn die Gäste auf ihren Plätzen sassen und das erste Musikstück erklang.

Debbie und Lilian hatten sich kaum zurück in den Saal begeben – als Astrid in der Küche erschien. Dieselbe eher sportlich gekleidete Frau, die ich bisher nur in Jeans erlebt hatte, trug ein mattschwarzes Kunstlederkleid mit hochgeschlossenem Kragen, ärmellos, sodass ihre Tätowierungen an den Armen hervortraten, dazu Strümpfe in Dunkelblau und Stiefeletten in Schwarz. Das Kleid betonte ihre schlanke Figur und endete knapp überm Knie. Obwohl es nicht aus Echtleder war, wirkte es elegant, wie ein Kleidungsstück, für das man sich anstrengen muss, um es zu finden.

Ich staunte über Astrids gekonntes Äusseres, denn ich hatte von ihr den Eindruck gehabt, dass ihr Kleider nicht viel bedeuteten. Ich war überzeugt, sie hatte sich soviel Mühe gegeben, um Chantal nicht nur zu zeigen, wie sehr sie sie liebte, sondern wie wichtig ihr diese Hochzeit war. Vielleicht, so kam es mir vor, war ihr Outfit nicht zuletzt ein Protest, eine Demonstration in Schönheit und Stil gegen den Lockdown.

Auch ihr schwarzes Haar trug sie zum erstenmal offen. Nur die weinroten Lippen kannte ich schon, die sie für diesen Abend aber stärker betont hatte. Sie sah grossartig aus, und auch Christian und Salome blickten ihr überrascht entgegen, als sie mit einem stolzen Lächeln, ihrer Wirkung bewusst, auf uns zutrat.

«Schaut nicht so», sagte sie, nun plötzlich doch ein wenig verlegen, «wartet ab, bis ihr erst meine Liebste seht.» Sie lachte und zögerte ebensowenig wie vorher Debbie, uns zu umarmen. «Willkommen! Chantal und ich können es kaum noch erwarten. Wir sind soo gespannt.»

Astrids Vorfreude war unübersehbar, aber ich spürte auch ihre Anspannung, weil sie wohl stets daran dachte, dass dieser Abend illegal war und wir auf alles gefasst sein mussten. Mir ging es nicht anders. Beide waren wir aufgeregt und euphorisch zugleich.

«Ich bin so froh», sagte Astrid, um ihre Nervosität zu besänftigen, «die Luft ist rein und die Gäste sind voll in Stimmung. Ich glaube, viele haben vergessen, dass wir etwas Verbotenes tun. Auch Chantal ist so unbeschwert wie schon lange nicht mehr. Sie sitzt neben ihrer Grossmutter, und vorhin hat sie zu mir gesagt: Ich danke dir, dass du an die Hochzeit geglaubt hast. Ich habe es zum Glück nicht geschafft, dich davon abzubringen.»

Astrid machte eine Pause, und ich sah eine Träne in ihrem Auge glitzern. «Das hat sie wirklich zu mir gesagt. Du kannst dir denken, wie gern ich das hörte!»

Ihr Bekenntnis rührte auch mich, und ich wusste, wovon sie sprach. Chantals Bedenken und Zweifel in den vergangenen Tagen hatte ich ausführlich miterlebt.

«Ich weiss», nickte sie, «du warst ganz wichtig für sie. Sie brauchte eine neutrale Person, bei der sie Rat holen konnte. Ich hätte ihr da nicht helfen können. Ich war Partei, und ich wollte die Hochzeit unbedingt.»

Schon fast im Gehen meinte sie noch: «Es ist gut, dass du hier bist. Ich merke, wie mich schon kleinste Anzeichen unsicher machen, aber ich kann das nicht Chantal sagen, ich will ihr die Stimmung nicht nehmen. Es hat mich nur schon verunsichert, als mir Tamara, meine Kusine, vorhin erzählte, was sie bei ihrer Ankunft am Parkplatz erlebte. Sie kam auf der nördlichen Route hierher und parkierte mit ihren Eltern – meiner Tante und meinem Onkel – hinter einem St.Galler Auto. Da erschien ein älterer Herr, dem der Wagen gehörte, und er sagte zu Tamara und ihren Eltern, die aus dem Aargau kommen: Wohin wollen denn *Sie* noch um diese Zeit? Sie wissen doch: Bleiben Sie zuhause! Für die Aargauer gilt das offenbar nicht!»

«Das hat er zu ihnen gesagt» erzählte Astrid entrüstet, «und er meinte es offenbar wirklich ernst. Darauf entgegnete ihm der Vater Tamaras: Unsere Anwesenheit geht Sie gar nichts an. Wir sind zu dritt – was erlaubt ist – und können hingehen, wohin wir wollen. Damit liessen sie den Herrn stehen, der hinter ihnen her schimpfte und etwas wie ‚Euch sollte man anzeigen' rief. Krass, nicht? Als Tamara mir das berichtete, war ich im ersten Moment ein wenig geschockt. Aber ich sagte mir dann: Was könnte er schon unternehmen? Sie haben nichts Falsches gemacht, und er weiss auch nicht, was ihr Ziel war.»

Ich stimmte ihr zu und meinte: «Hoffentlich können deine Kusine und ihre Eltern den Abend trotzdem geniessen.»

«Oh ja», erwiderte Astrid, «Tamaras Vater, mein Onkel, lässt sich nicht so schnell aus der Ruhe bringen. Er ist das pure Gegenteil meines eigenen Vaters. Sie sind Brüder, aber total verschieden. Mein Vater hätte dem St. Galler alle Schande gesagt – während mein Onkel sogar noch Verständnis zeigte. Die Leute sind gestresst im Moment, sagte er, vor allem jene, die sich immer an alles halten. Mein Onkel dagegen sieht das Ganze eher gelassen. Er und auch meine Tante sind ziemlich spirituell unterwegs.»

Sie lachte, winkte mir zu und gesellte sich wieder mit einem «Bis nachher!» zu den Gästen im Saal.

X

Eine gute Stunde später, gegen halb zehn, war im einstigen Schulzimmer alles bereit. Zusammen mit den Trauzeuginnen hatten Tim und Dominik, Chantals Bruder, den Esssaal in einen Zeremonieraum verwandelt. Sie hatten die zusammenklappbaren Tische an der hinteren Wand gestapelt und die Stühle in einem Halbkreis zur Fensterfront aufgestellt. Unterbrochen wurde der Halbkreis durch den traditionellen Mittelgang, der für den Einzug des Brautpaars gedacht war.

Die Stühle für Astrid und Chantal platzierten wir seitlich, sodass die beiden sowohl die Gäste wie auch mich im Blick hatten. Ihre Ehrenplätze waren mit weissen Hussen veredelt, die schlichten Stühle der Gäste mit weissen Schleifen. Den Fenstern entlang brachten Osterglocken, Forsythienzweige und Tulpen eine frühlingshaft fröhliche Stimmung in den doch eher ernsten, holzgetäferten hohen Raum. Die Blumen bildeten auch einen bunten Kontrast zu den undurchdringlich schwarzen Fenstervorhängen. Auf einem ebenfalls blumengeschmückten Tischchen standen Kerzen bereit, und schon vor Jahren hatten die Grosseltern Deborahs ein intimeres Licht installiert.

Während wir letzte Stühle rückten, Christian seine Gitarre noch einmal stimmte und Salome vor dem einzigen Spiegel im Raum ihr Kleid noch einmal begutachtete, drang aus dem Vorraum gedämpftes Reden und Lachen der wartenden Gäste. Lange konnten wir sie nicht mehr hinhalten, dazu war der Platz im übrigen Haus zu begrenzt, also öffneten wir die Tür und die Geladenen traten nach und nach ein.

Ich hatte die Gäste schon vorher gesehen, als sie den Esssaal verliessen, aber ich hatte noch mit keinem von ihnen gesprochen. Das verschob ich auf die Zeit nach der Trauung, wenn meine Arbeit getan war. Nun stand ich mit dem Rücken zur Fensterfront, mit Blick in den Raum und schaute den Hereinkommenden zu, wie sie den feierlich umgestalteten Saal anerkennend betrachteten.

Einige nickten mir freundlich zu und registrierten interessiert, dass ich weder Talar noch Krawatte und Anzug trug, sondern ein dunkelblaues, halblanges Leinenhemd und dazu passend einen türkisblauen Schal. Für einige von ihnen war dies wahrscheinlich die erste nicht–kirchliche, freie Trauung – mit Sicherheit aber die erste, die illegal war. Sie fühlten sich deshalb vielleicht etwas unbehaglich.

Andere dagegen fanden es sichtlich spannend und etwas abenteuerlich, hier zu sein – als wären sie Eingeweihte in ein Geheimnis. Sie wechselten einen wissenden Blick mit mir, bevor sie sich setzten. Ein eher unkonventionell gekleidetes Ehepaar, etwa in meinem Alter, steuerte ganz nach vorn, bis in die erste Reihe, wandte sich dann aber mir zu, und ich wusste sofort: Das mussten die Eltern von Astrid sein.

«Ich bin Luc, und das ist Christiane», begrüsste mich der Mann herzlich und bot mir das Du an. «Wir finden es toll, dass du dich bereit erklärt hast, mitzumachen. Ohne deine Hilfe und auch ohne deine Ermutigung wäre die Hochzeit nicht zustande gekommen.»

Astrids Vater gab zu, dass er den Plan im ersten Moment für unrealistisch gehalten habe. Doch je mehr die verbotene Hochzeit Gestalt annahm, um so mehr hätten auch sie erkannt: Warum eigentlich nicht? Warum sich die Freude verderben lassen?

«Wir waren auch mal so jung», nahm Christiane das Wort, «und wir haben damals Vieles gemacht, das verboten war.»

Sie sprach Deutsch und versuchte schon gar nicht erst, mit Schweizerdeutsch gefallen zu wollen. «Manchmal muss man sich einfach getrauen und nicht gleich ans Schlimmste denken. Die beiden Frauen haben das wunderbar vorbereitet, bis ins kleinste Detail. Das merkt bestimmt keiner – in einer so einsamen Gegend.»

So einsam ist diese Gegend nicht, hätte ich antworten und Frau Bühler erwähnen können, die inzwischen garantiert wusste, dass im einstigen Schulhaus etwas Grösseres stattfand. Auch anderen Leuten war vielleicht etwas aufgefallen. Doch ich hielt mich zurück, denn ich wollte unmittelbar vor der Trauung keine Unsicherheiten schüren. Wenn jemand Sicherheit ausstrahlen musste, dann jedenfalls ich.

Es musste mir in der nächsten Stunde gelingen, die Illegalität der Zeremonie völlig auszublenden, sodass sich die Anwesenden ganz auf die Trauung einstimmen konnten. Vor allem war es mir wichtig,

dass Astrid und Chantal ihr feierliches Eheversprechen geniessen konnten. Sie hatten soviel dafür getan, nun sollten sie nicht enttäuscht werden. Und
den Eltern von Chantal mochte ich ehrlich gesagt
den Triumph einer aufgeflogenen Hochzeit nicht
gönnen.

Alle Gäste hatten nun Platz genommen, auch Salome
und Christian waren bereit, und ich warf einen letzten Blick in die Runde, um danach Debbie, die bei
der Tür stand, das Zeichen zu geben, dass sie das
Brautpaar hereinrufen könne. Es war ein ausserge-
wöhnliches Bild, das sich mir bot. Das gute alte
Schulhaus hatte noch nie eine so zahlreiche und so
festliche Gästeschar in seinen Räumlichkeiten erlebt.
Fast ausnahmslos alle Geladenen hatten sich schön
gemacht – speziell schön, auch sie, als wollten sie
alle dem Lockdown trotzen.

In der vordersten Reihe, neben Chantals neuer
Trauzeugin Lilian, sass eine sehr gepflegte ältere
Dame, die mir ermunternd zunickte, als unsere Bli-
cke sich trafen. Das musste sie sein – Chantals
Grossmutter. Neben Lilian sass sie wohl deshalb,
weil Lilian die Frau ihres Enkels Dominik war. Der
Platz, der vermutlich zu ihm gehörte, war unbesetzt,
doch ich wusste, warum. Ich wusste auch, warum
Astrids Vater den Raum soeben wieder verlassen
hatte.

Alles war nun bereit. Auf mein Zeichen begab sich
Debbie nach draussen, huschte Augenblicke später
wieder herein und nickte mir zu. Christian griff in
die Saiten, Salome griff zum Mikrofon, und während
sie *Here comes the sun* von den Beatles zu singen be-

gann, ging die Tür wieder auf – und Chantal erschien. Sie wurde begleitet von Dominik, ihrem Bruder, der sie an der Hand in den Raum führte. Unmittelbar hinter den beiden trat Astrid herein, begleitet von ihrem Vater. So hatten es sich die beiden Frauen gewünscht, dass – ganz traditionell – ihre Väter sie hereinführen sollten. Und an die Stelle von Chantals Vater war nun ihr Bruder getreten.

Die Gäste, die sich alle erhoben hatten, reagierten mit Staunen und mit Bewunderung, als Astrid und Chantal nach vorne schritten. Vom Anblick der beiden konnte auch ich mich im ersten Moment kaum lösen. Astrid in ihrem Kostüm hatte ich schon gesehen, doch Chantal übertraf ihre Verlobte bei weitem.

Sie trug ein hellblau schimmerndes, eng geschnittenes langes Kleid, das ihre Schultern freigab, sodass ihr Tattoo am Schulterblatt sichtbar wurde. Es war derselbe Schmetterling, der auch an Astrids Oberarm prangte. Um die Hüfte herum hatte Chantal ein rotes Band geschlungen, das mit funkelnden Steinchen versehen war. Ein Blütenkranz schmückte ihr blondes Haar und vollendete die Lieblichkeit ihres Brautkleids, das mit dem herberen dunklen und kurzen Kleid Astrids ungewohnt harmonierte.

So wie sie den Raum betraten, an der Seite der Männer, die sie begleiteten, hätte man auf den ersten Blick eine Doppelhochzeit zweier Heteropaare vermuten können. Das war das Bild, das ich kannte von all den Trauungen, die ich bisher gestaltet hatte: die immer noch gängige Vorstellung eines Bräutigams und einer Braut – sie im Kleid, er im Anzug. Doch dieser Eindruck verschwand sogleich, nachdem sich die Herren zurückzogen. Denn jetzt standen Astrid und Chantal nebeneinander, und ich war mir fast sicher, dass der eine oder andere Gast einen Augenblick brauchte, um sich daran zu gewöhnen, dass dies nun das Brautpaar war.

Auch in meinem eigenen inneren Bildarchiv hatte das Bild bisher gefehlt. Ich musste es erst in mich aufnehmen. Ich musste umdenken, obwohl das Wort «Brautpaar» eigentlich von zwei Bräuten sprach. Ein Bräutigam kam seltsamerweise nicht darin vor. So gesehen waren Astrid und Chantal tatsächlich ein Brautpaar.

Ich geleitete sie zu den Plätzen, wo sie sich nebeneinander hinsetzten und Astrid sogleich Chantals Hand suchte. Alle Aufmerksamkeit gehörte jetzt Salome und der aufgegangenen Sonne, die sie im Song der Beatles besang. Am Ende des Stückes dankte ich ihr und Christian für den vielversprechenden musikalischen Einstieg, stellte mich der Hochzeitsgesellschaft vor und begrüsste die Anwesenden mit den Worten:

«Liebe Familien von Astrid und Chantal, liebe Hochzeitsgäste! Ich heisse Sie herzlich willkommen zur Trauung von Astrid und Chantal. Es ist eine Trauung im Namen der Liebe, und das war auch der Wunsch des Brautpaars. Warum im Namen der Liebe? Weil die Liebe niemanden ausschliesst. Niemand von Ihnen hat die falsche Religion oder die falsche Weltanschauung. Die Liebe ist die Kraft, zu der wir alle Ja sagen können.»

«Seit ein paar Wochen jedoch» fuhr ich dann fort, «ist unser Leben plötzlich viel schwieriger. Wir sind überraschend in einen Albtraum geraten, der uns bedrückt und verunsichert. Er bedroht unsere Freiheit, und wir wissen nicht, wann er vorbeigeht. Aber unsere Lebensfreude müssen wir uns bewahren, um jeden Preis. Das haben sich auch Astrid und Chantal gesagt. Schon seit einem Jahr freuten sie sich darauf, am heutigen 11. April zu heiraten, weil der 11. April ihr Tag ist. Nun hätten sie ihre Hochzeit plötzlich verschieben müssen – auf ein unbestimmtes neues Datum. Aber das wollten sie nicht. Sie wollten an ihrem grossen Tag festhalten, und dafür gebührt ihnen Lob. Denn sie haben viel Mut aufgebracht.»

Ich nickte anerkennend zu ihnen hinüber, und die Gäste applaudierten spontan. Dann wandte ich mich an Debbie, die in der ersten Reihe sass. «Ein grosser Dank gebührt auch dir, Debbie, und deinem Bruder Tim.» Ich fand ihn weiter hinten sitzend, deutete auch in seine Richtung und sagte: «Deborah und Tim haben nicht gezögert, uns das alte Schulhaus zur Verfügung zu stellen. Ohne ihre Bereitschaft und Vorarbeit wären wir heute Abend nicht hier.»

«Aber auch Ihnen, liebe Gäste, möchte das Brautpaar danken. Mit Ihrer Anwesenheit heute Abend zeigen Sie Astrid und Chantal Ihre besondere Wertschätzung. Denn auch Sie haben Mut bewiesen, die Einladung anzunehmen und den Weg hierher – im wahrsten Sinne des Wortes – unter die Füsse zu nehmen. Sie dürfen sich freuen auf eine feierliche Zeremonie.»

«Vorher aber», sprach ich weiter, «möchte ich einige Gäste besonders begrüssen, und ich meine damit vor allem die engsten Angehörigen.»

Nachdem ich die Eltern von Astrid vorgestellt hatte und bedauernd hinzufügte, dass Astrids deutsche Grossmutter leider nicht hier sein könne, kam ich auf Chantals Eltern zu sprechen. Ich hatte Chantal gefragt, ob sie einverstanden sei, wenn ich ihre Eltern erwähnte. Ich würde lediglich – ohne sie zu verurteilen – ein Wort des Bedauerns äussern, dass sie nicht anwesend waren. Sie nicht zu erwähnen, hätte so ausgesehen, als ob ihre Tochter die eigenen Eltern verleugnen würde. Chantal meinte, es werde für sie ein unangenehmer Moment sein, aber sie willigte ein.

«Natürlich hätte ich gern auch die Eltern von Chantal begrüsst, aber sie glauben es nicht verantworten zu können, in der gegenwärtigen Situation an einem Fest teilzunehmen – selbst wenn es das Hochzeitsfest ihrer Tochter ist. Chantal und Astrid und sicher wir alle bedauern ihren Entscheid, aber ich denke, wir versuchen dafür Verständnis zu haben.»

Ich hielt inne und warf einen Seitenblick hinüber zu Chantal, die mir zulächelte, gleichzeitig aber mit den Tränen zu kämpfen schien.

«Zur grossen Freude von Chantal jedoch», fuhr ich fort «ist neben ihrem Bruder Dominik, ihrem Cousin Valentin und ihrer Tante Sofia auch ihre Omama heute hier.» Ich lächelte der Grossmutter zu und deutete eine Verbeugung an. «Sie ist der älteste Gast, und ich möchte sie deshalb besonders herzlich begrüssen. Sie liess sich nicht davon abbringen, an der Hochzeit ihrer Enkelin teilzunehmen.»

Während die Gäste ihr laut applaudierten, wirkte die Grossmutter eher verlegen. Soviel Aufmerksamkeit war ihr beinahe schon peinlich. Das hatte ich mir gedacht, doch es war mir wichtig gewesen, ihre Anwesenheit zu betonen. Ich tat es für Chantal, die jetzt weitere Tränen vergoss. Diesmal waren es Tränen der Freude.

Nachdem ich auch die Trauzeugen vorgestellt hatte, erklärte ich, dass sich die Gäste jetzt freuen könnten – auf die Liebesgeschichte von Astrid und Chantal.

«Was könnte man sonst erzählen an einer Trauung?» fragte ich in die Runde. «Es geht um die Liebe. Doch die Liebe mag es nicht, wenn wir abstrakt von ihr reden. Die allzu grossen Worte hat sie nicht gern. Sie möchte, dass wir vom Leben reden, davon, wie zwei Menschen sich suchten und wie sie sich fanden. Deshalb darf ich Ihnen die Geschichte von Astrid und Chantal erzählen. Ich erzähle sie vor allem dem Brautpaar selbst. Ich möchte euch, liebe Chantal und liebe Astrid noch einmal bewusst machen, was für ein Weg hinter euch liegt, dass ihr heute hier nebeneinander sitzt und heiraten wollt.»

Während ich sprach, vergass ich, dass es diese Trauung eigentlich gar nicht geben durfte. Wie immer ziemlich frei sprechend, nur mit Notizen in meiner Hand, tauchte ich in die Geschichte ein, wie sie mir Astrid und Chantal offenherzig und ehrlich geschildert hatten...

XI

«Liebes Brautpaar und liebe Hochzeitsgäste! Manche meinen, alles im Leben sei Zufall – und es sind heutzutage nicht wenige, die so denken. Dann wäre auch die Liebe Zufall. Dann wäre es Zufall, dass Astrid und Chantal zusammen sind. Wenn aber alles Zufall wäre, könnte neben Astrid oder auch neben Chantal ebensogut jemand anders sitzen.»

Ich schickte ein Lächeln zum Brautpaar hinüber. «Aber das glaube ich nicht. Irgendwo auf der Welt gibt es einen Menschen, zu dem wir – ich möchte es so sagen – ganz besonders gehören. Eines Tages, mit etwas Glück, begegnen wir diesem Menschen, und wir spüren: Sie ist es. Diese Gewissheit haben auch Astrid und Chantal, und eine Gewissheit ist mehr als nur ein Gefühl. Ein Gefühl kann uns täuschen. Die Gewissheit jedoch – ein sehr schönes Wort in der deutschen Sprache –, befindet sich nicht im Kopf wie das Wissen und nicht im Bauch wie das Bauchgefühl. Die Gewissheit liegt in unseren Herzen, und sie bedeutet für Astrid und Chantal: Wir gehören zusammen. Dass wir uns gefunden haben, das musste so sein.»

«Die Geschichte von Astrid und Chantal» – begann ich meine Erzählung – «nahm ihren Anfang nicht in einem Lesbenlokal oder auf einer Lesben–Kontaktseite, wie man sich das vielleicht so vorstellt. Die Geschichte nahm ihren Anfang damit – und einige von Ihnen werden jetzt ziemlich erstaunt sein –, dass Astrid einen Freund hatte. Sie haben richtig gehört: einen Freund, mit dem sie sogar Tisch und Bett teilte. Er hiess Carlo, und Astrid hat mir erlaubt, seinen Namen zu nennen, denn ohne ihn wären wir heute nicht hier.

Carlo war ein ehemaliger Schulkollege – jetzt kommen wir der Sache schon näher – von Dominik. Und als Dominik vor sechs Jahren mit Lilian zusammenzog, machten sie in der gemeinsamen neuen Wohnung eine Einweihungsparty. Eingeladen war Carlo mit seiner Partnerin Astrid, und eingeladen war Dominiks Schwesterherz Chantal mit ihrer damaligen Freundin Sarina. Auch sie darf ich namentlich nennen, Chantal hat's mir erlaubt, weil doch ein paar Jahre vergangen sind, und weil sie weiss, dass auch Sarina wieder glücklich verliebt ist.

Das Leben – der grosse Regisseur – hatte das erste Ziel schon erreicht: Astrid und Chantal befanden sich zur gleichen Zeit am gleichen Ort. Und da nur knapp zwanzig Eingeladene anwesend waren, liess es sich nicht vermeiden, dass sie beide Notiz voneinander nahmen. Was haben sie bei diesem ersten, allerersten Wechsel der Blicke empfunden? Chantal gibt offen zu: Gar nichts. Sympathie, gewiss, Anerkennung vielleicht, was das Aussehen betraf, doch mehr nicht. Chantal war mit Sarina zusammen und merkte nicht, welche Bedeutung diese andere Frau mit ihrem Freund für sie einmal haben würde.

Astrid dagegen sah die Schwester von Dominik – und konnte den Blick von ihr nicht mehr abwenden. Immer wieder wanderten ihre Augen zu ihr hinüber, sodass ihr Freund sie irgendwann fragte, warum sie so abwesend sei. Sie konnte es ihm nicht erklären. Sie konnte nicht einmal sich selber erklären, warum diese Frau, die Chantal hiess, sie so sehr anzog. Und als es sich dann ergab, dass sie die ersten paar Worte wechselten, war Astrid – die sonst so selbstsichere Astrid – seltsam nervös, stammelte irgendetwas und wurde rot. Was ihr sonst nie passiert. Das können mir sicher viele von Ihnen, die Astrid kennen, bestätigen.

Sie schaffte es dann aber doch, ihre sportliche Leidenschaft zu erwähnen, das Beachvolleyball – und Chantal, die selber Volleyball gespielt hatte, zeigte sich interessiert, einmal ein Spiel zu besuchen, bei dem Astrid mitspielte. Darauf tauschten sie ihre Nummern aus, und für Astrid war diese Nummer wie ein Versprechen, wie eine Verheissung. Sie würde diese Frau wiedersehen, das wusste sie nun. Dass Chantal offensichtlich lesbisch war, irritierte sie. Aber was es mit ihr zu tun hatte, erkannte sie nicht.»

Bei diesen Worten von mir hob Astrid mit gespieltem Erstaunen die Hände, um zu bestätigen, dass sie wirklich nicht gemerkt hatte, was sie für Chantal im Grunde empfand. Sie sah sich damals ganz unzweideutig als Frau, die auf Männer stand.

«Bis es zu einem Wiedersehen kam», erzählte ich weiter, «musste sich Astrid aber gedulden. Bei jedem Spiel hatte Chantal schon etwas vor oder musste für ihren Physiotherapieabschluss lernen. Astrid glaubte schon nicht mehr an eine Begegnung – doch vergessen konnte sie Chantal nicht. Davon kann Deborah, ihre damalige Teamkameradin ein Lied singen.» Ich machte dazu eine Geste in die Richtung von Debbie, die lachte und vielsagend nickte.

«Immer wieder hat Astrid von dieser Chantal ge- sprochen – dass sie hoffentlich doch noch einmal ein Spiel besuche und dass sie eine ganz besondere Frau sei. Nur am Rande, als ob sie nichts davon wissen wolle, erwähnte Astrid, dass Chantal eine Freundin habe – eine nicht nur platonische Freundin. Das in- teressierte Debbie natürlich, und sie neckte Astrid: ‚Bist du in sie verliebt? Gib es zu, du stehst auf sie!'

‚Nein‘, protestierte Astrid dann jeweils. Debbies Vermutung ärgerte sie. ‚Ich fand sie einfach sympa- thisch‘, erklärte sie – und damit war das Thema wie- der erledigt.

Doch dann, eines Tages im Sommer, mitten in einem Spiel, als Astrids Blick beim Seitenwechsel zum Spielfeldrand wanderte – wen entdeckte sie unter den Zuschauerinnen? Es war Chantal, und offen- sichtlich war sie allein gekommen. Astrids Herz schlug höher – ich kann es nicht anders sagen –, sie winkte und Chantal winkte diskret zurück. Sie wollte Astrid nicht ablenken.

Doch das war schon geschehen. Astrid konnte sich nur mit Mühe wieder aufs Spiel konzentrieren, und Debbie, ihre Mitspielerin wunderte sich über die Fehler, die Astrid plötzlich beging. Ich weiss nicht, ob sie das Spiel dann doch noch gewannen –»

«Klar gewannen wir es!» rief Debbie dazwischen. Sie schaute grinsend zu Astrid hinüber und erhob die Hand zu einem High Five, das Astrid erwiderte.

«Ok, ihr habt es gewonnen – dank Debbie vermut- lich», setzte ich lächelnd hinzu und erzählte weiter:

«Nach dem Spiel begab sich Astrid sogleich zu Chantal und verhehlte nicht ihre Freude, dass sie gekommen war. Sie stellte sie Debbie vor, und dann gingen sie alle drei etwas trinken. Man muss dazu sagen, dass das Spiel in einem Strandbad am Stadtrand stattfand. Und wie es beim Beachvolleyball Sitte ist, tragen die Spielerinnen nur ihre Badekleider. Auch Chantal stand im Badekleid da – was dem Zusammensein danach eine unkomplizierte, natürliche Note verlieh. Aber auch eine intime Note. Astrid wurde seltsam nervös. Sie wusste nicht wohin mit ihren Gefühlen.»

Ich hielt einen Augenblick inne, um meine Worte etwas wirken zu lassen. In die entstehende Stille hinein war das Geräusch eines vorbeifahrenden Autos zu hören. Alle Anwesenden horchten auf, und auch ich wandte mich unwillkürlich der Fensterfront zu. Obwohl sich das Motorengeräusch wieder entfernte, rief es mir in Erinnerung, dass wir noch immer entdeckt werden konnten. Aber ich mochte nicht kommentieren, was wir wohl alle in diesem Augenblick dachten.

«Debbie», nahm ich den Faden wieder auf, «wollte dann von Chantal neugierig wissen: ‚Bist du allein da? Astrid hat mir erzählt, du hast eine Freundin.‘ Darauf meinte Chantal fast etwas gleichgültig, Sarina sei mit Kolleginnen unterwegs. Sie deutete an, dass Sarina und sie in ihrer Freizeit eher getrennte Wege gingen, und Astrid merkte, dass sie das gerne hörte. Sie merkte auch, dass Chantals fragender Blick wiederholt für einen Moment auf ihr haften blieb – sodass sie jedesmal wegschauen musste.»

«Da Chantal an diesem Tag – es war ein Samstag – nichts weiter vorhatte, beschlossen die drei, nach einem gemeinsamen Bad im See zusammen essen zu gehen. Sie entschieden sich für ein griechisches Lokal in der Stadt und führten ihre Unterhaltung, die sie im Strandbadcafé begonnen hatten, bei griechischem Wein und Moussaka angeregt weiter. Sie verstanden sich bestens und redeten schon beinahe wie gute Freundinnen. Als Debbie sich gegenüber Chantal outete, gab es natürlich ein Thema mehr, über das sie sich austauschen konnten – wobei Chantal erklärte, im Unterschied zu Debbie verkehre sie kaum in der lesbischen Szene. Was insofern nicht erstaunte, da sie in einer festen Beziehung lebte, während Deborah schon seit längerem single war.»

«Astrid hörte den beiden nur mit halbem Ohr zu. Die von Debbie und Chantal entdeckte Gemeinsamkeit konnte sie beim besten Willen nicht teilen. Vor allem aber war sie die ganze Zeit angestrengt damit beschäftigt, ihre Unruhe zu besänftigen, die sie in Gegenwart dieser Chantal nicht losliess. Das einzige, was sie ablenkte, war das Essen und – mehr noch – der Wein, dem sie ausgiebig zusprach, um die unerklärlichen Schmetterlinge in ihrem Bauch zu betäuben.»

«Debbie wusste längst, dass Astrid nicht mehr von Chantal loskam», erzählte ich weiter und warf einen weiteren Seitenblick in Debbies Richtung, die meinen Worten amüsiert folgte. «Astrid selber jedoch wollte nicht wahrhaben, was gerade mit ihr geschah. Wir können das gut verstehen, denn sie war mit Carlo zusammen und damit zweifelsfrei hetero. Etwas anderes hatte sie nie erlebt und auch nie geglaubt.

Doch ihre Freundin und Teamkameradin wusste es besser. Ausserdem war es Deborah nicht entgangen, dass auch Chantal immer wieder Astrids Blick suchte, und so beschloss sie, die beiden allein zu lassen. Unter dem Vorwand, sie sei müde, erklärte sie, gelegentlich gehen zu wollen. Ihre Absicht ging auf: Astrid und auch Chantal wollten noch bleiben. Da sie beide in der Stadt wohnten, waren sie nicht auf Debbie, die mit dem Auto gekommen war, angewiesen. Sie konnten ebensogut später das Tram nehmen.»

«Als nun Astrid und Chantal allein zurückblieben, wurde es schwierig. Vor allem für Astrid. Man muss sich das vorstellen: Sie sassen im Garten dieses griechischen Restaurants, die Dunkelheit setzte allmählich ein, die Kellnerin verteilte auf sämtlichen Tischen ein Kerzenlicht, es war alles so schön, so romantisch – aber plötzlich auch sehr gefährlich. Chantal erzählte von ihrer Ausbildung, doch Astrid hörte nicht, was sie sagte. Gefühle bedrängten sie, die sie zu einer Frau noch nie gehabt hatte. Sie fühlte sich mit aller Macht zu ihr hingezogen, sah die Hand von Chantal, die mit dem Weinglas spielte, wollte die Hand berühren – und schreckte davor zurück.»

Während ich die wachsende Spannung zwischen den beiden beschrieb, vergass ich, dass ich von Frauen erzählte. Es hätte auch eine Frau und ein Mann sein können. Astrid und Chantal waren einfach zwei Menschen, die einander an diesem Abend entdeckten, und ich war ihnen dankbar, dass sie mir die Gelegenheit gaben, diese für mich neue Erfahrung zu schildern.

Ich nahm einen Schluck aus dem Wasserglas, das auf dem Tischchen neben den Blumen stand, dann fuhr ich fort:

«Natürlich spürte auch Chantal, wie sie Astrid verwirrte, und es gefiel ihr. Sie wollte sie nicht erlösen, es war für sie wie ein Spiel. Für Astrid dagegen war es kein Spiel. Sie befand sich in einem Zustand, den sie von sich nicht kannte. Schliesslich hielt sie es nicht mehr aus und sie fragte Chantal scheinbar belanglos: ,Was meinst du, sollen wir langsam gehen?' – ,Ok', meinte Chantal, worauf Astrid die Kellnerin rief und entschlossen erklärte: ,Alles auf meine Rechnung.'»

«Chantal protestierte», erzählte ich weiter, «sie wollte ihr Essen selber bezahlen, doch Astrid liess es nicht zu. Sie wollte sie unbedingt einladen.»

«Inzwischen muss ich wieder selber bezahlen», rief Chantal lachend dazwischen, worauf Astrid zurückgab: «Ich kann dich gar nicht mehr einladen. Weil die Restaurants alle geschlossen sind!»

Auch die Hochzeitsgäste lachten, doch die geschlossenen Restaurants katapultierten uns für einen Moment zurück in die Gegenwart. Uns allen wurde wohl wieder bewusst, was sich geändert hatte. Von der Sorglosigkeit, die man damals empfinden konnte, waren wir zurzeit weit entfernt. Es fiel mir nicht leicht, die knisternde Spannung jenes Abends wieder fühlbar zu machen. Ein paar Sekunden verstummte ich. Wie konnte ich eine Liebesgeschichte erzählen, wenn Menschen sich, so wie jetzt, nicht mehr treffen durften?

Jetzt erst recht, dachte ich. Die Liebe ist unsere Antwort.

«Astrid zahlte, obwohl es kein Date war», begann ich wieder, «und obwohl sie keine Absichten hatte. Aber sie einzuladen, war für Astrid die einzige Möglichkeit, Chantal zu zeigen, wieviel sie ihr auf einmal bedeutete. Sie liefen zusammen zur Tramhaltestelle, und Astrid machte ganz langsame Schritte, um den Moment des Abschieds hinauszuzögern. Sie brachte kein Wort mehr heraus, und auch Chantal schwieg – aber nicht etwa, weil ihr nichts einfiel, sondern weil sie die Spannung, die sie von Astrid empfand, in gewisser Weise genoss. Sie wollte sie nicht verderben.

An der Haltestelle angekommen, stellte Astrid fast mit Verzweiflung fest, dass sie nicht das gleiche Tram nehmen konnte wie Chantal. Die Anzeigetafel gab ausserdem an, dass Chantals Verbindung zuerst kam. In 2 Minuten war es soweit, in 2 Minuten würde Chantal nach Hause zu ihrer Partnerin fahren, und Astrid würde zu Carlo heimkehren. Erschrocken wurde ihr klar, dass sie absolut keine Lust hatte, Carlo zu sehen.

‚Treffen wir uns irgendwann wieder?‘ stammelte Astrid. Mehr als diesen einen Satz schaffte sie nicht.

‚Klar‘, erwiderte Chantal, ‚das wäre schön!‘ Sie lächelte, scheinbar ganz unbekümmert. Doch jetzt klopfte auch ihr Herz schneller.

‚Ok‘, presste Astrid hervor. Sie zwang sich zu einem Lächeln. Dann sahen sie das Tram bereits um die

Ecke kommen. Viel zu früh. Direkt vor ihnen öffnete sich die Tür, jemand stieg aus.

‚Dann bis bald‘, sagte Chantal und wollte Astrid umarmen. Doch Astrid hielt ihre Arme fest, zog sie an sich und küsste sie. Sie küsste sie richtig. Dann liess sie sie los, und für eine einzige lange Sekunde standen sie sich gegenüber und schauten sich an, fassungslos und total erstaunt. Sie vergassen die offene Strassenbahntür, bis die Tür sich zu schliessen begann. Chantal stellte sich auf das Trittbrett – und gab Astrid den Kuss zurück. Ganz schnell nur, aber sie tat es.

Dann stieg sie ein, und die Tür ging zu. Chantal winkte, sie winkte durchs Fenster, und das Tram setzte sich in Bewegung.»

XII

Während der ganzen von mir geschilderten Szene hatten sich Astrid und Chantal wie frisch verliebt an den Händen gehalten. Und als ich den Kuss erwähnte, war es Astrid, die dringend ein Taschentuch brauchte. Die Tränen in ihren Augen zeugten davon, dass sie die ganze Bewegtheit jenes Moments noch einmal durchlebte. Aber nicht nur das Brautpaar, auch die Gäste blieben von der Steigerung der Dramatik nicht unberührt. Während ich in meiner Schilderung auf die Abschiedsszene an der Haltestelle zusteuerte, war weder Räuspern noch Flüstern zu hören gewesen.

Ich gönnte mir eine Atempause und erzählte dann, wie es weiterging: Wie Astrid – noch immer darüber verwirrt, wozu sie sich hatte hinreissen lassen – nach Hause gekommen war und wie Carlo, ihr Freund, sich gewundert hatte, warum sie so einsilbig war. Ich erzählte, wie sie ihm alles verschwieg, auch Tage danach, und wie sie schliesslich den Mut fand, auf Chantals Kontaktversuche zu antworten.

An einem frühen Abend unter der Woche trafen sie sich in einer Bar, wo Astrid krampfhaft bemüht war, dem Geschehenen auszuweichen. Doch Chantal übte auch jetzt eine Anziehungskraft auf sie aus, die sie weder mit Carlo noch mit einem anderen Mann jemals in dieser Unbedingtheit empfunden hatte.

Da sie es aber nicht schaffte, über ihre Gefühle zu sprechen, beendete sie das Treffen mit Chantal ziemlich abrupt, entschuldigte sich für ihre Verirrung an der Tramhaltestelle, bezeichnete sich als ,100prozentig hetero' und flüchtete fast aus der Bar, obwohl Chantal den Kuss, um Astrid nicht in Nöte zu bringen, mit keiner Silbe erwähnt hatte.

Ich berichtete dann, wie sich Astrid, diesmal wochenlang, nicht mehr meldete, wie es ihr jedoch immer schlechter ging, bis sie sich auch von Carlo zurückzog – für den ihr Verhalten rätselhaft war – und wie sie zuletzt die gemeinsame Wohnung verliess und vorübergehend zu Debbie zog. Ihre Freundin und Teamkameradin stand seit dem Abend im griechischen Restaurant selber in losem Kontakt zu Chantal, und sie hatte von ihr erfahren, dass Chantal inzwischen single war. Sarina und Chantal hatten beschlossen, getrennte Wege zu gehen. Als Debbie Astrid davon erzählte, zuckte diese nur mit den Achseln. Sie wollte nichts Näheres wissen.

«An dieser Stelle könnte nun die Geschichte zu Ende sein», hielt ich fest, «Astrid und Chantal hatten keinen Kontakt mehr. Doch wie so oft, wenn es um wahre Liebe geht, greift in solchen Momenten das Schicksal ein. Man kann das Schicksal auch Zufall nennen – jedenfalls, ein paar Wochen später, standen sie plötzlich, ganz unvermutet, nebeneinander vor dem Spiegel in der Toilette eines vegetarischen Restaurants. Keine Chance für Astrid, sich an Chantal vorbeizuschleichen.»

«Worüber redet man, wenn man eigentlich gar nicht reden will? Das Wetter als Thema war zu banal, also redeten sie über das vegetarische Essen, wie gut es schmeckte und wie günstig es sei. Doch dann sagte Chantal auf einmal, und sie blickte Astrid im Spiegel an: ‚Ich habe dich vermisst.' Und sie fügte hinzu: ‚Wirklich.' Mehr sagte sie nicht, doch es genügte, dass sich Astrid ihr zuwandte und erwiderte: ‚Ich habe dich auch vermisst. Ich habe versucht, dich zu vergessen, aber es ging nicht. Es ging einfach nicht. Ich habe mir 100 mal eingeredet, dass ich mich an jenem Abend nur deshalb vergass, weil ich mit Carlo nicht glücklich war. Jetzt bin ich nicht mehr mit ihm zusammen. Aber an dich muss ich immer noch denken.'

In diesem Moment betrat eine andere Frau die Toilette, sodass beide verstummten. ‚Ich habe noch etwas Zeit', meinte Chantal. ‚Sollen wir einen Spaziergang machen, am See?'

Man muss dazu wissen, dass das vegetarische Restaurant nur wenige Schritte vom See entfernt ist – ich nehme an, viele von Ihnen kennen es. Astrid war mit zwei Arbeitskolleginnen über Mittag zum Essen hier. Doch sie verzichtete auf das Mittagessen und erklärte ihren Begleiterinnen, eine ehemalige Schulkollegin getroffen zu haben. Sie begab sich mit Chantal daraufhin zum See, es war ein prächtiger Spätsommertag – ja, und bei diesem Spaziergang mussten sie irgendwann nicht mehr reden. Irgendwann kam es, für beide ganz unverhofft und ganz ungeplant, zu einem zweiten ersten Kuss.»

«So sind Chantal und die hundertprozentige Heterofrau Astrid zusammengekommen», beschloss ich diesen ersten Teil der Geschichte.

Danach brauchte Astrid natürlich Zeit für ihre ungewohnten Gefühle. Diese Gefühle wollten geprüft sein. Noch Monate später gestand sie Chantal in manchen Momenten, sie wisse nicht wirklich, ob sie nun lesbisch sei. Aber sie wusste, dass ihre Liebe zu Chantal intensiver und tiefer als alles war, was sie mit Männern bisher erlebte.

Wie es weiterging zwischen Astrid und Chantal, konnte ich in grösseren Schritten durchmessen. Schon nach wenigen Wochen reisten sie das erstemal zu zweit in die Ferien, wo sie auf Kreta herbstliche Stürme und eine aufgewühlte Brandung erlebten, was ihrer Verliebtheit aber nichts anhaben konnte. Bereits in dieser Woche auf Kreta – und wieder in einem griechischen Restaurant – beschlossen sie, zusammenzuziehen. Sie waren sich darin einig, die Stadt zu verlassen und fanden im folgenden Frühling den Hausteil am Dorfrand, den sie seither – ich zitierte Chantal wörtlich – «nicht mehr freiwillig hergeben würden».

Das war vor fünf Jahren. Der nächste Meilenstein in ihrer Geschichte war vor zwei Jahren der Tag, als Bravo zu ihnen kam, den sie so sehr in ihr Herz schlossen, dass es wohl weit und breit keinen anderen Hund gab, der soviel doppelte Liebe erhielt. Und dadurch, dass Chantal am Anfang des letzten Jahres im Dorf ihre Physiopraxis eröffnete, musste Bravo auch nicht mehr stundenlang mutterseelenallein das Haus hüten. Chantal konnte ihn in die Praxis mitnehmen.

Der bisher letzte historische Tag für Astrid und Chantal war der 11. April im Jahr vor Corona. In den Wochen davor hatte dicke Luft zwischen ihnen geherrscht, als Chantal – nicht zum erstenmal – an einem Wochenende das Thema Heiraten aufgebracht hatte. Worauf Astrid – ebenfalls nicht zum erstenmal – gemeint hatte:

‚Warum heiraten? Wir müssen uns unsere Liebe doch nicht beweisen!'

Chantal hatte darauf, so deutlich wie vorher nie, ihren Wunsch nach einer Familie geäussert.

‚Ich weiss gar nicht, ob ich das will', hatte Astrid darauf geantwortet, ‚ob ich wirklich eigene Kinder will.'

Ihre Antwort führte zu einer Verstimmung zwischen den beiden Frauen, die sich trotz wiederholter Versuche, darüber zu reden, nicht überwinden liess. Chantal glaubte sogar, dass Astrid sich, wenn überhaupt, nur eine heterosexuelle Familie vorstellen konnte. Schliesslich waren beide verstummt und wichen einander aus.

Einmal, als Astrid Debbie besuchte, blieb sie sogar über Nacht bei ihr. Doch genau diese Stunden bei Debbie führten dazu, dass Astrid aus dem Stillstand ihrer Haltung herausfand. Die Freundin, die immer noch single war, wollte wenigstens helfen, dass Astrid und Chantal wieder zusammenfanden. Sie gab Astrid den klugen Ratschlag, einen Schritt nach dem andern zu tun.

‚Zeige Chantal, dass es dir mit deinem Bekenntnis zu eurer Liebe tatsächlich ernst ist und heirate sie', sagte Debbie. ‚Zeige ihr, dass du sie *einfach so* heiraten willst. Einfach aus Liebe. Über eine Familie könnt ihr dann immer noch reden.'

Was Deborah sagte, bewegte etwas in Astrid. Vielleicht, erkannte sie, habe ich Angst vor dem Heiraten. Weil es so endgültig scheint. Oder weil ich vor dem Gedanken, als Frau eine Frau zu heiraten, irgendwie doch noch zurückschrecke. Sie musste viel nachdenken, und sie sprach auch mit ihrer Mutter Christiane darüber. Die Mutter gestand ihr, dass sie vor der Begegnung mit Astrids Vater selber einmal mit einer Freundin näher zusammen gewesen war. Sie kannte diese Gefühle und konnte deshalb begreifen, was ihre Tochter für Chantal empfand.

‚Aber du hast dich dann doch für meinen Vater entschieden', warf Astrid ein.

‚Ja', gab Christiane zu, ‚und ich entschied mich für deinen Vater aus Liebe zu ihm. Aber natürlich auch, weil ich ein Kind wollte. Damals gab es noch keine andere Möglichkeit. Nur mit ihm konnte ich eine Familie gründen. Ich habe es nicht bereut. Weil es sonst dich nicht gäbe. Und weil ich deinen Vater immer noch liebe.'

Das sagte die Mutter zu Astrid, und sie sprach ihrer Tochter Mut zu: ‚Wenn du Chantal wirklich von Herzen liebst – und ich glaube, das tust du –, dann heirate sie. Sie ist eine wunderbare Frau, ich mag sie sehr. Sie verdient dich.'

Astrid, das ehemalige Einzelkind, hatte zu ihrer Mutter schon immer ein sehr enges Verhältnis gehabt. Ihre Worte begleiteten sie in den folgenden Tagen, wo immer sie ging und stand, und sie spürte, wie eine Entschlossenheit in ihr wuchs, die dazu drängte, ausgesprochen zu werden. Mehrmals war sie drauf und dran, in Gegenwart Chantals spontan davon anzufangen, doch jedesmal schob sie es wieder hinaus, was in Chantal noch mehr den Eindruck hervorrief, Astrid weiche ihr aus.

Sie wich ihr nicht aus. Sie wollte es einfach nur richtig machen. Und am 11. April war sie bereit. Ein normaler Werktag, ein Donnerstag, ging in den Abend über, als Chantal mit Bravo von ihrer Praxis nach Hause kam und die Tür öffnete. Sogleich verflog ihre Arbeitstagstimmung. Brennende Kerzen beleuchteten den Weg durch den Flur, aus dem Wohnzimmer drang Musik, und als Chantal das Zimmer betrat, stand sie mitten in Kerzen und Blumen.

In diesem Augenblick hörte sie, wie Astrid hereinkam. Bevor sie sich umwenden konnte, hatte Astrid sie von hinten umarmt und sagte zu ihr: ‚Ich mache es kurz: Ich möchte dich heiraten, und ich meine es ernst. Willst du das auch?'

Sie machte es wirklich kurz – als ob sie im letzten Moment kalte Füsse bekommen und ihre Frage zurückziehen könnte. Doch nun war es gesagt, und Chantal drehte sich zu ihr um, starrte sie an, ungläubig, überrascht und verwirrt, bis die Tränen sich ihre Bahn brachen. Die ganzen Spannungen zwischen ihnen lösten sich auf, Chantal weinte und auch Astrid spürte das Augenwasser, bis sie endlich noch einmal fragte, angstvoll beinahe:

‚Willst du es auch? Willst du es auch?'

145

Mitten im Schluchzen nickte Chantal, sie nickte ganz fest, dann liessen die Tränen auf einmal nach, als wollte sie sich zusammennehmen, und sie gewann ihre Stimme zurück: ,Ja, ich will es', erwiderte sie und dabei sah sie Astrid fest in die Augen, ,ich will es unbedingt und für immer.'

XIII

Mit der Verlobung von Astrid und Chantal kam ich zum Schluss meiner Schilderung, die manche Gäste wohl als sehr persönlich empfanden. Nichts wurde verschwiegen, so schien es, das für die Liebesgeschichte der beiden Frauen wesentlich war. Diesen Eindruck hatte auch ich schon gehabt, als wir uns zum Gespräch trafen.

Astrid und Chantal sprachen mit grosser Offenheit über sich, und dieselbe Offenheit erlaubten sie mir für die Trauung. Ich spürte, dass Astrid und Chantal mit einem gewissen Stolz auf ihren Weg zurückblickten und sich sogar darauf freuten, ihre Geschichte mit ihren Freunden und Angehörigen teilen zu können. Auch die schwierigen Momente wollten sie ihren Gästen nicht vorenthalten.

«Denn ohne die Hürden auf ihrem Weg», resümierte ich, «wären wir heute nicht hier. Gemeinsam haben sie überwunden, was ihre Liebe bedrohte. Damit meine ich auch die Hürden vor dem heutigen Tag, die sich ihnen entgegenstellten. Auch das hat ihre Liebe geprüft. Aber sie haben die Prüfung bestanden.»

Während dieser letzten Sätze von mir war Luc, der Vater von Astrid aufgestanden und hatte den Raum verlassen. Ich liess mich davon nicht beirren und verkündete feierlich:

«Heute Abend nun ist es soweit: Astrid und Chantal wollen sich ihr Eheversprechen geben. Vorher aber ist es höchste Zeit, die Musik zu Wort kommen zu lassen. Darf ich Salome und Christian bitten –»

Mit einer einladenden Geste lenkte ich die Aufmerksamkeit der Hochzeitsgesellschaft auf die Sängerin und den Gitarristen zu meiner Rechten.

«Das zweite Stück, das sie spielen werden, ist wieder ein Klassiker aus der Popmusik. Astrid und Chantal haben nur Klassiker ausgewählt», stellte ich mit einem lächelnden Seitenblick hinüber zum Brautpaar fest. «Diesmal ist es ein Lied über Freundschaft. Denn wahre Liebe bedeutet auch Freundschaft. Der Song heisst *You've got a friend.*»

Beim ersten Akkord begab ich mich wieder zur Seite und stellte mich hinter das Brautpaar, um wie alle Anwesenden der Musik zuzuhören. Da ging die Tür auf und Luc kam zurück. Bevor er seinen Platz wieder einnahm, schob er sich neben mich und – übertönt von der Musik – flüsterte er mir zu:

«Schau mal da drüben, Nicolas, ganz in der Ecke. Da lässt der Vorhang ein kleines Stück Fenster frei. Das fiel mir erst auf, als ich bemerkte, wie sich dort etwas bewegte. Jemand hat durch die Lücke hereingeschaut. Die längste Zeit.»

«Bist du deshalb hinausgegangen?» fragte ich flüsternd zurück.

«Ich wollte ganz sicher sein», erwiderte Astrids Vater, «und wirklich: Unterhalb der Zufahrt, bereits auf der Strasse, sah ich ein Paar, das sich entfernte. Es waren Spaziergänger, nehme ich an, aber um diese Zeit? Es ist schon 22 Uhr.»

«Wahrscheinlich waren sie einfach nur neugierig», sagte ich. «Machen wir uns keine Gedanken.»

Gedanken machte ich mir durchaus, aber ich wollte die Trauung auf keinen Fall stören und Astrids Vater war gleicher Meinung. Er nickte und nahm seinen Platz wieder ein. Einige Gäste und auch Astrid blickten in seine Richtung und fragten sich wohl, was los sei. Doch seine entwarnende Handbewegung beruhigte sie, und die Aufmerksamkeit wandte sich wieder ganz der Musik zu.

‚Ain't it good to know you've got a friend?' sang die Sängerin, und wer auf den Text hörte, freute sich über die schlichte Wahrheit, die aus dem Lied sprach. Hinter dem Brautpaar stehend, sah ich, wie Chantal die Hand Astrids suchte und ihr einen Blick zusandte, der liebevoll und angriffslustig zugleich war, und ich dachte an Julia und hätte auch ihr in diesem Moment am liebsten die Hand geben wollen. Doch Julia war nicht hier, und wie so oft, mitten in einer Trauung, in der es um die Liebe anderer ging, sehnte ich mich nach der Nähe meiner eigenen Liebsten.

Nach dem Ende des Stücks verbeugte sich Salome vor den Gästen, die ihre sängerische Begabung mit grossem Applaus bedachten. Darauf bat ich Astrid und Chantal zu mir nach vorn. Sie erhoben sich und stellten sich Hand in Hand neben mich.

«Liebes Brautpaar», begann ich und wandte mich nun ganz ihnen zu, «ihr habt euch entschlossen, zu heiraten, nicht als Angehörige einer Konfession, sondern einfach als Menschen. Damit öffnet ihr euch für die Zukunft. Ihr tretet allein vor den Altar eurer Liebe. Und die Liebe – wir haben es einmal mehr soeben gehört –, die Liebe steht über allem.

Ihr wollt heiraten. Ihr könntet auch ohne Ehe zusammenleben. Doch ihr wollt hinstehen vor eure Freunde, vor eure Familie und sagen: Ich will. Was ist es, was ihr wollt? Wenn ihr heiratet, sagt ihr nicht nur: Ich liebe dich. Ihr sagt Ja dazu, etwas Drittes, etwas Gemeinsames zu erschaffen. Dieses Gemeinsame ist die Ehe.»

Schon so viele Male hatte ich diese Worte gesprochen – aber noch nie zu zwei Frauen. Ich hatte immer geglaubt, ich könnte das nicht, weil auch in mir das uralte Bild der Ehe von Mann und Frau so unauslöschlich verankert war. Nun erlebte ich fast ein wenig verwundert, wie natürlich mir die Worte über die Lippen kamen, die ich an Astrid und Chantal richtete.

«Durch eure Hochzeit und den Akt eurer Trauung nimmt die Ehe Gestalt an. Sie wird sichtbar. Doch eigentlich ist sie unsichtbar. Sie ist in euch. Sie ist eure gemeinsame Schatzkammer. Ihr werdet sie nähren mit eurer Liebe, eurer Hingabe, eurem Glück. Dafür wird die Ehe euch tragen. Sie wird euch Kraft geben und euch Flügel schenken. So wird es sein, und ich glaube das sagen zu dürfen aus der Erfahrung meiner eigenen Ehe. Die Ehe ist etwas Wunderbares, wenn ihr sie nicht nur betrachtet als äusseren standesamtlichen Weg, sondern als einen Weg eurer Herzen.»

Schon bei der allerersten Trauung, die ich gestaltete, hatte ich sinngemäss diese Zeilen gesprochen. Sie waren mir damals zugeflogen wie selten ein Text, als hätte ich sie geschenkt bekommen, und die Brautpaare spürten das. Auch Astrid und Chantal, immer noch Hand in Hand, hörten mir aufmerksam zu, und ich hatte den Eindruck, dass sie in diesen Momenten mit ihren Gedanken nicht *irgendwo* waren, sondern ganz da, ganz im Bewusstsein, dass das Versprechen, das sie sich geben wollten, keine Formalität war.

Ich sprach dann davon, dass es in dieser Welt immer ein Aber gibt, und während ich diese Worte sagte, dachte ich, dass sie noch nie so treffend gewesen waren wie jetzt, mitten in diesem Ausnahmezustand, den die Menschheit gerade erlebte. Die Welt war nie einfach gut, das Aber gehörte zu ihr wie der Tag und die Nacht, und es gehörte auch zum Innenleben der Ehe.

«Es wird Momente geben, da wird es euch vorkommen, als ob eure Schatzkammer leer sei. Sie wird nicht wirklich leer sein. Doch es wird euch nicht gelingen, ihre Fülle zu sehen. In solchen Momenten geht es darum, ein zweites Mal zu sagen: Ich will. Wenn ihr also heiratet, versprecht ihr euch, eure Ehe zu erneuern, wann immer dies notwendig sein wird.»

Ich sprach die Worte so ernsthaft wie immer, aber ich merkte, dass ich schneller als sonst sprach. In die Feierlichkeit der Zeremonie schob sich leise, aber unangenehm die Besorgnis, dass uns das Augenpaar, das Astrids Vater vor dem Fenster gesehen hatte, nicht freundlich gesinnt war. Ich fühlte mich unter Druck, also machte ich unmerklich vorwärts.

Ich hatte die Ehe als Kraft beschrieben, als gemeinsame Energie. «Doch die Ehe ist auch eine Schule», setzte ich den Gedanken fort. «Indem ihr heiratet, liebe Astrid, liebe Chantal, zeigt ihr eure Bereitschaft, voneinander zu lernen. Ihr wollt, obwohl ihr erwachsen seid, noch einmal zur Schule zu gehen – in die Schule der Ehe.»

Dann wandte ich mich zunächst an Astrid. Während ich sprach, schaute sie mich unverwandt an, als wollte sie nicht meine Worte, sondern die Botschaft meiner Augen erfassen.

«Du, liebe Astrid», begann ich, «willst bei Chantal zur Schule gehen. Du willst sie ganz in dein Haus lassen und dein Haus auch zu ihrem machen. Das Besondere, das Chantal verkörpert – du wirst es lieben, immer wieder von neuem, es wird dich erfreuen und inspirieren. Manchmal aber wird es dich ärgern und irritieren, und du wirst denken: Ich verstehe sie doch nicht. Ich bin anders als sie.»

An dieser Stelle warf Astrid ihrer Verlobten einen Seitenblick zu, und die beiden grinsten sich an. Sie wussten längst, wie verschieden sie waren. Und wie nervig das manchmal sein konnte.

«Aber du wirst von ihr lernen – gerade deshalb, weil ihr verschieden seid. Du wirst von ihr lernen, und sie wird dich beschenken. Sie wird dich reich beschenken mit all ihren Gaben und sie wird dich an Orte führen, die du sonst vielleicht nie entdecken würdest.»

Dieselben Worte gab ich auch Chantal mit auf den Weg in die Ehe, und als ich zur Stelle kam, wo ich sagte, Astrid sei anders als sie, versetzte sie Astrid einen sanften, freundlich gemeinten Puff, als wollte sie sagen: Bilde dir nichts darauf ein, dass du anders bist! – Dann schaute sie wieder mich an und versuchte ganz bei der Sache zu sein.

«Das, liebe Astrid und liebe Chantal», sagte ich nun, mich erneut an sie beide wendend, «ist die Schule der Ehe. Ihr tieferer Sinn ist die Menschwerdung. Wenn zwei Menschen sich lieben – wenn sie sich wirklich lieben – , dann werden sie durch ihre Liebe reifer und menschlicher. Heiraten bedeutet, wachsen zu wollen: als Frau, doch vor allem als Mensch.»

Meine leise Befürchtung, wir könnten verraten werden, hatte ich wieder völlig vergessen. Denn mir wurde bewusst, wieviel mir das alles bedeutete, diese ganze Zeremonie, die an einem so besonderen Ort, unter so besonderen Umständen stattfand. Ich empfand sie wie eine Trauung mitten im Krieg, wie eine geheime, verschworene Feier im Auge des Hurrikans.

«Liebes Brautpaar!» setzte ich nun zum Höhepunkt an. «Dies ist ein grosser, ich möchte fast sagen: ein heiliger Augenblick. Wenn das Herz schneller schlägt, lasst es schlagen: Es hat recht, wenn es aufgeregt ist!»

Ich konnte die Anspannung sehen, die durch Astrid und Chantal hindurchging. Sie schauten sich erwartungsvoll an: Bist du bereit? Ich bin bereit!

«Ich frage euch nun, und ich richte die Frage zuerst an dich, liebe Astrid –»

Ich hatte nicht lange darüber nachdenken müssen, wen ich zuerst fragen würde. Astrid hatte sich vor der Begegnung mit Chantal immer nur vorstellen können, wenn überhaupt, einen Mann zu heiraten. Deshalb musste Chantal das Recht bekommen, ihr eigenes Ja erst in Worte zu fassen, nachdem sie ein klares Ja von Astrid vernommen hatte.

«Willst du», fragte ich Astrid in die Stille hinein, die den Raum jetzt erfüllte, «dass Chantal nicht nur wie bisher deine Freundin, deine Partnerin, deine Verlobte ist – sondern deine Frau? Und willst auch du, Astrid, die Gemahlin von Chantal sein?»

Astrid schaute ihre Verlobte an, dann schaute sie mich an, dann wieder Chantal. Sie brauchte diese Sekunde, um endgültig sicher zu sein.

«Ja, ich will!» rief sie dann wie erlöst aus und wandte sich strahlend zu ihrer Liebsten, der die Tränen zuvorderst standen. Tapfer rang Chantal um ihre Fassung. Denn jetzt war die Reihe an ihr.

«Liebe Chantal, ich frage nun dich», wandte ich mich an sie. «Willst du, dass Astrid nicht nur wie bisher deine Freundin, deine Partnerin, deine Verlobte ist – sondern deine Frau? Und willst auch du, Chantal, die Gemahlin von Astrid sein?»

«Ja, ich will.» Chantal sagte es ernst und innig, und dabei blickte sie Astrid so voller Liebe an, dass auch ich meine Rührung spürte.

«Liebe Astrid, liebe Chantal», beschloss ich das Eheversprechen, «ein Paar, das sich liebt, wart ihr schon bisher. Doch von nun an seid ihr in der Ehe vereinigt.»

Ihr dürft euch jetzt küssen, wollte ich sagen – als plötzlich, mitten in der Konzentration auf das Brautpaar, der Motor eines rasch sich nähernden Autos zu hören war. Der Wagen hielt direkt vor dem Haus. Noch bevor das Motorengeräusch erstarb, zerriss ein Bellen die Hochspannung.

XIV

Das Gebell kam von Bravo, dem Hund, der in der hintersten Reihe zusammengerollt neben Deborahs Bruder gelegen und die Trauung bisher verschlafen hatte. Jetzt war er aufgesprungen und bellte drauflos. Tim gelang es, das Tier zu beruhigen, doch das vor dem Haus parkierende Auto und das Bellen von Bravo hatte uns alle aufgeschreckt. Alle dachten dasselbe, und am meisten erschrocken waren Astrid und Chantal. Eben noch im Höhenflug ihres Eheversprechens schwebend, standen sie nun, angstvoll horchend, vor ihren Gästen.

Währenddessen hatte Luc, der Vater von Astrid, den Raum schon verlassen, um nachzusehen. Wir hielten alle den Atem an, doch eigentlich wussten wir, wer gekommen war. Alle Blicke richteten sich gegen die Tür. Draussen hörten wir leise Stimmen.

Dann öffnete sich die Tür, und nur Astrids Vater trat wieder ein. In seiner Miene war nicht zu erkennen, welche Nachricht er für uns hatte.

«Es sind noch verspätet Gäste gekommen», erklärte er – und machte Platz für die zögernd nach ihm Hereinkommenden.

Die erste Person, die reagierte, war Chantal. Sie stiess einen Schrei aus und drückte, ihre Augen weit aufgerissen, in ungläubiger Überraschung die Hände an ihre Wangen. Sibylle und Werner, ihre Eltern, betraten den Raum. Sie genossen das grosse Erstaunen der Anwesenden, fühlten sich aber offensichtlich noch etwas unsicher und blickten sich erst einmal um.

«Chantals Eltern», kündigte Luc feierlich an, «möchten euch etwas sagen.»

«Nun ja», begann der Vater von Chantal, nachdem er seine Kontrolle wiedergefunden hatte, «zunächst einmal tut es uns leid, dass wir mitten in die Zeremonie hineinplatzen. Wir glaubten, sie würde erst etwas später beginnen. So hatte uns Chantals Bruder, Dominik, das gesagt. Er hat uns auch verraten, wo die Hochzeit überhaupt stattfindet.»

Viele Blicke richteten sich auf Dominik, der bedauernd die Hände hob.

«Wir sassen nämlich zuhause, Sibylle und ich, und wie ihr wisst, wollten wir gar nicht kommen, mit Rücksicht auf die gegenwärtige Situation. Aber ich gebe zu, dann sassen wir wie auf Nadeln. Wir wussten, dass unsere liebe Tochter gleich heiraten würde –»

«...und da fanden wir – also, ich fand –», ergänzte die Mutter von Chantal, «wir können doch nicht zu Hause bleiben, wenn unsere Chantal heiratet. So habe ich das zu Werner gesagt.»

«Das war auch absolut meine Meinung», verteidigte sich der Vater. «Plötzlich war mir klar, die Hochzeit unserer Tochter ist wichtiger als die aktuellen Verhaltensmassregeln. Eine Hochzeit ist eine Ausnahme. Darauf fragte ich Dominik per SMS an, wo ihr seid. Das war ein ganz spontaner Entscheid. Und jetzt sind wir hier.»

«Wir wollen den Ablauf nicht stören», gab sich Chantals Mutter bescheiden, «wir möchten einfach dabei sein. Wären wir nicht gekommen, hätten wir uns das ewig vorwerfen müssen.»

Bis zu diesem Moment hatte ihre Tochter immer noch vorn neben Astrid gestanden und ihre Eltern voller Erschütterung angesehen. Sie hörte zu, was sie sagten, aber konnte es noch immer nicht glauben, dass ihr innigster Wunsch in Erfüllung ging. Jetzt überwand sie ihre Erstarrung, eilte wild aufschluchzend durch die Reihen der Gäste zu ihrer Mutter, umarmte sie erlöst und erleichtert, umarmte dann ihren Vater und stammelte zwischen Schluchzern nur immer wieder:

«Ich bin so froh. Ich bin so froh!»

Der letzte Schatten, der noch über der Hochzeit lag, hatte sich aufgelöst. Chantals Glück war vollkommen – und das Ja–Wort gesprochen. Hätte Chantals Mutter Einspruch erheben wollen, hätte sie früher erscheinen müssen.

Inzwischen hatten sich sämtliche Gäste, einer nach dem andern, erhoben und spendeten Chantals Eltern, unterstützt von Akkorden aus Christians Gitarre, einen grossen Applaus, dem auch ich mich anschloss. Wir applaudierten den Eltern, dass sie sich dazu überwinden konnten, ihrer Tochter zuliebe das Unerlaubte zu tun und hierherzufahren. Eilfertig wurden zwei Stühle für sie geholt, damit auch sie in der vordersten Reihe Platz nehmen konnten.

Währenddessen begab sich auch Chantal wieder nach vorn, an die Seite von Astrid und erhielt von Lilian ein Taschentuch zum Trocknen der Tränen. Astrid nahm Chantal zärtlich in ihre Arme, um sie zu küssen und zu beruhigen, aber wohl auch, um Chantals Eltern demonstrativ zu zeigen: Wir gehören zusammen. Niemand kann uns mehr trennen.

Ich bat Christian, die Hochzeitsgesellschaft mit ein paar Klängen daran zu erinnern, dass die Zeremonie noch in vollem Gange gewesen war. Sogleich kehrte Ruhe ein, die Gäste blickten wieder nach vorn, und ich versuchte, da anzuknüpfen, wo Bravos Bellen das Ritual unterbrochen hatte.

«Liebes Brautpaar», begann ich erneut, «ihr habt euch vorhin das Eheversprechen gegeben, und wir alle sind Zeugen des Bundes gewesen, den ihr geschlossen habt. Von nun an seid ihr in der Ehe vereinigt – ihr dürft euch jetzt küssen.»

Astrid und Chantal, wie alle Brautpaare, hatten sich schon viele Male geküsst, doch dies war ein besonderer, symbolischer Kuss, der noch einmal zum Ausdruck brachte, dass die beiden soeben Verheirateten ihre Ehe aus Liebe geschlossen hatten. Der Kuss war gleichsam ein zweites Ja-Wort, das in diesem Fall ganz speziell auch für Chantals Eltern gedacht war.

Astrid und Chantal wandten sich einander feierlich zu, und ihre Lippen berührten sich so behutsam, als ob es ihr erster Kuss wäre. Ich warf einen Seitenblick zu den Eltern hinüber – und sah die Mutter von Chantal, die mit ausdruckslosem Gesicht, aber kerzengerade aufgerichtet, zuschaute, wie ihre Tochter eine andere Frau küsste.

«Ich bitte euch nun», fuhr ich fort, dem Brautpaar immer noch gegenüber stehend, «euren Bund zu besiegeln mit dem Tauschen der Ringe.»

Auf dem blumengeschmückten Tischchen, das neben mir stand, lag ein kunstvoll geschnitztes Stück Holz in der Form einer geöffneten Hand bereit. In der Vertiefung des Holzes befanden sich die zwei Ringe. Einen der Ringe nahm ich heraus, hielt ihn hoch und erklärte, der Ring ohne Anfang und ohne Ende symbolisiere den Kreis.

«Dasselbe wünscht ihr euch für die Liebe», sprach ich zum Brautpaar. «Indem ihr die Ringe tauscht, wünscht ihr euch, dass eure Liebe ewig währt wie der Kreis des Rings.»

Nach diesen Worten legte ich den Ring zurück in die hölzerne Schale und streckte sie dem Brautpaar entgegen, worauf Chantal einen der Ringe herausnahm und ihn Astrid über den Ringfinger streifte. Nachdem auch Astrid den Ringtausch vollzogen hatte, reichten sich die beiden Frauen die Hände und schauten sich fest in die Augen, in der Erwartung, was sie sich sagen wollten.

Es waren nur einige wenige Sätze. Sie sprachen sie leise, fast flüsternd. Dieser Augenblick gehörte ganz ihnen, und im Rückblick erscheint es mir, als habe das Leben vermocht, auch diesen letzten intimen

Moment der Zeremonie zu beschützen, so wie schon die ganze Trauung vor jeglicher Unbill bewahrt worden war.

Als danach nämlich Salome die erste Strophe der Dylan-Komposition *Make you feel my love* anstimmte, begab sich Astrids Vater erneut, jede Störung möglichst vermeidend, zur Tür. Offenbar wollte er draussen noch einmal nachsehen, ob alles ruhig war. Dass er diesen Job übernommen hatte und sich verantwortlich fühlte, entlastete mich. Ich war ihm dankbar dafür.

Kurz vor dem Ende des Stücks schob er sich leise wieder herein und begab sich hinter die Hochzeitsgesellschaft. Niemand sollte bemerken, wie nervös er auf einmal war. Er wartete ab, bis die letzten Takte verklangen und die Gäste applaudiert hatten. Dann kam er schnellen Schrittes nach vorn und erklärte, an uns alle gewendet, mit bewundernswert ruhiger Stimme, die Polizei sei im Anmarsch.

«Es war reiner Zufall, dass ich gerade draussen war. Sie haben an der Strasse unten parkiert und kommen jetzt zu Fuss bis zum Haus. Ich werde sie am Hauseingang abfangen und mit ihnen zu reden versuchen. Aber ich sage nicht, wieviele Leute wir sind. Das bedeutet, ihr müsst euch so still wie nur möglich verhalten. Hereinkommen dürfen sie nicht ohne Hausdurchsuchungsbefehl.»

Während er zu den Vorhängen an den Fenstern eilte und prüfte, ob es noch irgendwo eine undichte Stelle gab, schienen alle Anwesenden zu erstarren. Niemand rührte sich, niemand verlor ein Wort, nur leises Flüstern war zu vernehmen. In den Mienen der Hochzeitsgäste las ich Empfindungen, die von gespannter Erwartung bis zu Angst und Erschrecken reichten. Das unerwartete Eintreffen von Chantals Eltern hatte uns auf Überraschungen immerhin bereits vorbereitet. Aber dass nun die Polizei kam, bestätigte die Befürchtungen, die wir alle bewusst oder unbewusst mitgebracht hatten.

Einige Paare rückten näher zueinander hin und suchten die Hand des andern. Manche konnten nicht länger sitzenbleiben, und auch Astrid und Chantal waren schon aufgestanden. Doch nach der ersten Beklemmung konnte ihnen die anrückende Polizei nichts mehr anhaben. Sie hielten einander umarmt und strahlten sich an, zwei Verliebte, über denen der Himmel einstürzen kann, und sie geben ihr Glück nicht her. Fast demonstrativ ignorierten sie, was draussen geschah.

Nach einer Weile hörte man vor der Haustür Stimmen. Astrids Vater sprach nun offenbar mit den Beamten, doch was sie sagten, verstand man nicht. Minuten später tönte ein Funkgerät, erneut waren Stimmen zu hören – und dann schien es, als ob sich die Schritte entfernen würden.

Eine weitere Minute verstrich, als die Tür aufging und Luc wieder eintrat. Er stellte sich neben dem Brautpaar und mir vor die Gäste, hob beruhigend die Hände und schien tatsächlich zu lächeln.

«Wir haben Glück im Unglück gehabt», spannte er uns auf die Folter. «Es waren zwei Kantonspolizisten und sie sagten etwas von einem Hinweis, den sie erhalten hätten. Das müssen die Leute gewesen sein, die durch die undichte Stelle am Fenster hereingeschaut haben. Jedenfalls wollten sie wissen, was für ein Anlass hier durchgeführt werde. Sie sagten, wir hätten ja Kenntnis davon, dass Versammlungen derzeit nicht erlaubt seien.»

«Nun», fuhr er fort, «ich erwiderte, dass wir lediglich eine Familienfeier veranstalten. Das trifft sogar zu, doch die Beamten glaubten mir nicht und wollten hereinkommen. Darauf sagte ich: Was erlauben Sie sich, Sie haben doch nicht das Recht, eine private Feier zu stören. Ohne Hausdurchsuchungsbefehl sowieso nicht!»

Luc hielt inne, um seine Schilderung auf uns wirken zu lassen.

«Der Polizist meinte dann, wenn wir nichts zu verbergen hätten, würde ich sie sofort hereinlassen. Ich wollte gerade antworten, da kam über Funk eine Meldung von einem Feuer. In einem Bauernhaus, soviel ich verstand, ist wegen der aussergewöhnlichen Trockenheit ein Brand ausgebrochen, und die Beamten mussten zum Brandort fahren. Sie eilten noch im gleichen Augenblick los, hinunter zur Strasse, zu ihrem Auto, doch der eine rief mir noch zu: Wir kommen wieder! – Ich wartete ab, bis das Polizeiauto wegfuhr. Um sicher zu sein, dass sie fort sind.»

«Das war wirklich Glück», sagte ich. «Jedenfalls gewinnen wir dadurch Zeit.»

«Aber was machen wir jetzt?» fragte Astrid, die wie Chantal zu aufgeregt war, um sich bereits wieder setzen zu können.

«Wir feiern weiter!» rief Chantal übermütig den Gästen zu. Einige ihrer Freunde fanden dasselbe und applaudierten. Für kurze Momente erfasste Stimmengewirr die Hochzeitsgesellschaft, alle redeten durcheinander, bis Astrids Vater um Ruhe bat.

«Wir müssen ernsthaft beschliessen, was wir jetzt tun. Viel Zeit haben wir nicht. Wir wissen nicht, wann sie zurückkommen werden.»

«Vielleicht kommen sie gar nicht mehr», warf Salome ein. Wie das Brautpaar, wie Luc und wie ich stand auch sie immer noch vor den Gästen und fühlte sich für das weitere Vorgehen mitverantwortlich.

«Die kommen bestimmt zurück. Vielleicht sogar mit einem Durchsuchungsbefehl», zeigte sich Luc überzeugt.

«Vielleicht lassen sie mit sich reden», glaubte Lilian, die Trauzeugin, die in der vordersten Reihe sass. «Wenn sie erfahren, dass hier eine Hochzeit gefeiert wird, drücken sie sicher ein Auge zu.»

Daran glaubte ausser ihr niemand. Allgemein wurde die Meinung vertreten, dass die Beamten ihrer Pflicht nachkommen müssten. Jetzt erhob sich auch Chantals Vater, um sich zu äussern. Wie an einer Sitzung mit Rednerliste streckte er seine Hand auf, begann aber gleich, ohne abzuwarten, zu sprechen.

«Es ist jetzt geschehen, was vorauszusehen war», erklärte er im Ton des loyalen Schulleiters. «Meine Frau und ich, wir hatten diese Bedenken von Anfang an. Mir ist aber klar: Daran zu erinnern, hilft uns nicht weiter. Wir sind alle beteiligt und müssen alle die Konsequenzen tragen. Wahrscheinlich wird die Polizei gegen jeden von uns eine Busse aussprechen. Oder sie werden die Gastgeber haftbar machen.»

Er setzte ein etwas gequältes Lächeln auf: «Den Ringtausch, immerhin, haben wir miterlebt.» Seine Frau, Chantals Mutter bemühte sich ebenfalls um ein Lächeln. Die beiden, so schien mir, schwankten zwischen der Genugtuung darüber, dass sie recht gehabt hatten, und dem Gefühl, das uns alle beschlich: in der Falle zu sitzen.

«Es tut zwar nichts mehr zur Sache, aber wer könnte uns denn verpfiffen haben?» wollte Luc wissen. Er wandte sich mit der Frage an Deborah. «Sie kennen sich hier doch am besten aus?»

«Ich glaube, ich weiss, wer das war», sagte Debbie. «Die einzigen, die in Frage kommen, sind Widmers, ein älteres Ehepaar. Die sind jedes Wochenende hier oben, im Ferienhaus, und vor dem Schlafengehen machen sie meistens einen Spaziergang. Dann kommen sie hier vorbei. Ich bin ihnen schon ein paarmal begegnet, am späteren Abend. Einmal haben wir draussen gefeiert und dabei auch Musik gehört. Da tauchten sie plötzlich auf und machten eine Bemerkung über die laute Musik. Ich bin sicher, Widmers haben die Polizei angerufen. Was meinst du, Tim?»

Sie schaute über die Gäste hinweg nach hinten zu ihrem Bruder. «Wer sonst, wenn nicht sie?» entschied auch er. «Die sind frustriert. Und sie lassen den Frust an uns aus.»

Debbie wandte sich wieder nach vorn. Man sah ihr an, dass der Ärger sie packte: «Wenn ich diese Widmers das nächstemal sehe, werde ich nicht sehr nett sein. Dann werde ich ihnen ins Gesicht hinein sagen, was ich von Denunzianten halte.»

Eigentlich wäre die Zeremonie noch nicht ganz zu Ende gewesen. Nach dem Musikstück, das auf den Ringtausch gefolgt war, hätte ich das Brautpaar beglückwünscht und ihnen beiden den Segen der Liebe mit auf den Weg gegeben. Danach hätte ich die Trauzeuginnen nach vorn gebeten, weil es ihr Privileg war, Astrid und Chantal als erste zu gratulieren. Ich hätte darauf den Gästen im Namen des Brautpaars für ihr Dabeisein gedankt, ihnen allen ein schönes Fest gewünscht und zum letzten Musikstück übergeleitet. Nach dem Ende der Trauung hätten dann auch die anderen Gäste dem Brautpaar ihre Glückwünsche ausgesprochen.

So war es gedacht. Doch inzwischen dachte ans Feiern wohl niemand mehr. Innert Minuten war die Hochzeitsgesellschaft auf dem Boden der Wirklichkeit angekommen. Nicht die Liebe war mehr das Thema – sondern die Strafverfügung, die uns allen nun drohte.

XV

Währenddessen standen die beiden Hauptpersonen immer noch Arm in Arm nebeneinander. Sie hätten enttäuscht sein können über das unerwartet plötzliche Ende der Trauung, doch so wirkten sie nicht. Ihr Glück, sich soeben die Ehe versprochen zu haben, hielt immer noch an. Und Chantals Glück war noch grösser, weil ihre Eltern erschienen waren.

«Mir ist es egal, eine Busse zu zahlen», erklärte Astrid selbstbewusst, «das ist es mir wert. Dafür habe ich meine Liebste heute Abend heiraten können und ihr alle habt uns dabei begleitet – genau so, wie wir es uns gewünscht haben. Das allein zählt für mich und ich glaube, ich darf auch für Chantal sprechen.»

Sie sandte ihr einen fragenden Blick, der von Chantal freudig erwidert wurde.

«Aber sollte die Polizei», fuhr Astrid fort, «Deborah und Tim speziell büssen, weil sie unsere Hochzeit in ihrem Haus überhaupt erst ermöglicht haben, dann wäre ich dafür, dass wir die Busse unter uns aufteilen würden.»

Der Grossteil der Gäste klatschte, und Chantal rief in die Runde: «Ein Hoch auf Debbie und Tim! Danke, dass wir bei euch sein durften!»

Erneut applaudierten die Anwesenden. Doch ebenso schnell verebbte der Applaus wieder, denn alle wurden sich wieder der ungemütlichen Lage bewusst, in der wir uns nun befanden. In den kurzen Moment der Stille hinein meldete sich Celia zu Wort, eine Schulfreundin Chantals:

«Also, ich werde nicht hier sitzen und warten und mich dann von der Polizei vielleicht sogar abführen lassen. Ich habe auch absolut keine Lust, eine Busse zu zahlen. Entschuldige Chantal, aber mein Freund und ich, wir gehen.» Noch während sie sprach, erhob sie sich, um ihre Entschlossenheit zu bekunden. Ihr Partner, etwas zögernd, stand ebenfalls auf, doch da drehte sich Astrids Mutter Christiane, die zwei Reihen vor ihnen sass, zu den beiden um und sagte in ihrem resolutesten Deutsch:

«Es kann doch nicht sein, dass jetzt jeder geht und das Brautpaar im Stich lässt. Jetzt müssen wir doch zusammenhalten.»

Weitere Gäste unterstützten ihr Votum. Celias Freund setzte sich erst einmal wieder hin, während sie selbst, etwas unsicher, stehenblieb.

«Wenn Celia sich so entscheidet», erklärte Chantal, «habe ich kein Problem damit. Ehrlich, Celia, ich verstehe das. Niemand muss bleiben.»

«Warum gehen wir dann nicht alle?» sagte Salome leise zu mir.

Ich schaute sie überrascht an. «Das habe ich mir auch überlegt. Alle zusammen. Aber es müsste sofort geschehen.»

«Vielleicht schaffen wir es», sagte die Sängerin, noch immer im Flüsterton. «Auch ich habe nicht das geringste Bedürfnis, gebüsst werden. Diesen Triumph gönne ich der Polizei nicht.»

Ich überlegte nicht lange, stellte mich vor die Hochzeitsgesellschaft und bat um Aufmerksamkeit: «Liebe Gäste, liebe Astrid und liebe Chantal! Astrids Mutter hat recht, wenn sie sagt, wir sollten zusammenhalten. Wir haben dieses Fest als Gemeinschaft begonnen, wir haben gemeinsam die Liebe gefeiert, die Liebe von Astrid und Chantal, und ich denke, wir sollten dieses Fest auch als Gemeinschaft beenden. Ich habe soeben mit Salome darüber gesprochen: Verlassen wir das Haus alle zusammen! Wenn wir es schaffen, wird die Polizei vor verschlossener Tür stehen.»

Unser Vorschlag führte zu einem erregten Wortwechsel. Während die einen der Idee zustimmten, äusserten andere ernsthafte Zweifel: Die Polizei kommt bestimmt bald zurück, lange bevor wir verschwunden sind. Wenn sie uns bei der Flucht erwischen, sieht es so aus, als hätten wir etwas verbergen wollen. Und selbst wenn sie uns nicht mehr antreffen würden: In der Eile das Haus zu räumen und die Spuren der Hochzeit zu tilgen, wird nicht gelingen.

Auch Chantals Vater hob noch einmal die Hand in die Höhe.

«Von einer überstürzten Abreise, die nach Flucht aussieht, rate ich dringend ab», gab er uns zu bedenken. «Ich habe mir überlegt, wie wir argumentieren sollten. Wir erklären den Beamten, dass uns die Unerlaubtheit unseres Tuns natürlich bewusst sei, aber dass wir Chantal und ihre Partnerin nicht im Stich lassen wollten. Sie freuten sich auf ihr Fest und hatten alles schon vorbereitet, also nahmen wir die Einladung an – ihnen zuliebe. Eine Bussenverfügung, das sei uns klar, müssten wir akzeptieren. So sollten wir das formulieren. Alles, was die Beamten gegen uns aufbringen könnte, müssen wir unterlassen.»

Einen Augenblick lang war es still. Der Schulleiter hatte gesprochen. Obwohl er zusammen mit seiner Frau erst gerade erschienen war, forderte er uns bereits dazu auf, dass wir vor der Polizei kuschen und auf mildernde Umstände hoffen sollten. Eigentlich hätte man seine Belehrung nicht unwidersprochen hinnehmen sollen. Doch zum Streiten blieb keine Zeit. Aus der ärgerlichen Situation, in die wir geraten waren, musste ein Ausweg gefunden werden. Auf das Ende des Abends durfte kein Schatten kommen.

Da meldete sich Chantals Grossmutter, und auch sie streckte auf, wie es in einem ehemaligen Schulzimmer offenbar üblich war. In der allgemeinen Aufregung aber musste Luc erst um Ruhe bitten, damit sie sich zu sprechen getraute.

«Ich möchte gern etwas sagen», begann sie und sie stand auf, um ihren Worten mehr Gewicht zu verleihen. «Ich finde auch, dass wir alle jetzt sofort gehen sollten. Vor allem Chantal, meine liebe Enkelin, und Astrid sollten an ihrem grossen Tag keine Schwierigkeiten bekommen müssen. Das wäre doch richtig schade, sie haben doch das Recht, ihr Fest in schöner Erinnerung zu behalten. Aber auch ich will nicht gebüsst oder sogar verhaftet werden. Ich hatte noch nie mit der Polizei zu tun und das soll auch so bleiben. Deshalb bitte ich Werner und Sibylle» – und sie wandte sich ihrem Sohn zu –, «mich nach Hause zu fahren, solange noch Zeit bleibt.»

Bevor Chantals total überraschter Vater seiner Mutter etwas erwidern konnte, ergriff Luc, der Vater von Astrid das Wort. Die Idee eines allgemeinen und raschen Rückzugs hatte auch er begrüsst, und er drängte auf eine Entscheidung. Damit waren die beiden Väter definitiv zu Kontrahenten geworden.

«Tatsächlich bleibt keine Zeit mehr», pflichtete Luc der Grossmutter bei, «deshalb schlage ich vor, dass wir abstimmen. Aber vorher noch, meine ich, muss sich das Brautpaar äussern. Was findet ihr, Astrid und Chantal, ihr seid die Wichtigsten, es ist euer Tag, für euch muss es stimmen: Sollen wir gehen, alle zusammen, so schnell wie möglich, oder sollen wir bleiben und hoffen, dass die Beamten nicht allzu stur sind?»

Alle Blicke richteten sich auf die beiden Frauen, die noch immer zu aufgewühlt schienen, um eine klare Meinung zu haben.

«Was meinst du?» Astrid schaute ihre Liebste erwartungsvoll an. «Eigentlich wollten wir hier übernachten. Das wollten wir doch?»

«Ich möchte immer noch hier übernachten», erwiderte Chantal entschieden. Zu ihrer Grossmutter gewandt, fuhr sie fort: «Du musst dir um mich keine Sorgen machen, liebe Omama. Die Polizei ist mir egal, und so wie ich Astrid kenne, hat sie selber schon gar keine Angst.» Sie schickte ihrer Braut ein fröhliches Lächeln und sagte dann, zu den Gästen gewandt:

«Wegen uns muss niemand hier bleiben, wirklich nicht. Wir wollen nicht, dass ihr wegen uns irgendwelche Bussen bekommt.»

«Genau», meinte Astrid, «ich bin gleicher Meinung wie Chantal. Alle dürfen von mir aus gehen, kein Problem. Und was will die Polizei machen, wenn ihr gar nicht mehr hier seid? Die Beamten haben euch nicht gesehen. Und wenn sie zurückkommen, werden wir mit ihnen schon fertig.»

Sie legte ihren Arm um Chantal und grinste übermütig, bevor sie, ernsthafter werdend, fortfuhr: «Ich möchte euch aber jetzt schon sagen, und ich glaube, ich darf auch für Chantal sprechen: Es war wunderschön, euch alle dabei zu haben bei unserer Trauung. Dass das Fest jetzt zu Ende ist, ändert nichts an unserem Glück. Danke, dass ihr alle gekommen seid!»

Sie strahlte und lachte und wollte wohl auch nicht verbergen, dass sie die letzten Sätze nicht ohne Rührung gesprochen hatte. Lilian reichte Astrid ein Taschentuch, und ein zweites musste sie Chantal geben, denn auch Chantals Tränen verrieten, wie sehr sie Astrids Worte berührten.

«Astrid hat recht», sagte sie und zwang sich zu einem Lächeln, «sie hat tausendmal recht. Es war so schön, so wahnsinnig schön. Aber jetzt müsst ihr gehen!»

Einige der Gäste klatschten spontan und wir alle fielen in den Applaus ein. Sogar Chantals Eltern rangen sich zu einer dünnen Zustimmung durch.

«Aber Tim und ich bleiben natürlich auch hier», meldete sich jetzt Debbie, und ihr Bruder nickte bestätigend. «Es ist unser Haus, wir dürfen hier sein, und sobald ihr alle gegangen seid, räumen wir auf. Bis die Polizei kommt.»

«Ich bleibe ebenfalls hier», sagte ein weiblicher Gast mit kurzer Ponyfrisur. Die junge Frau hiess Alicia und war allein an das Fest gekommen – wie es sich Debbie von ihr erhofft hatte. Deborah hatte sich für die Hochzeit nicht zuletzt deshalb so engagiert, weil auch ihre heimliche Liebe Alicia zu den geladenen Gästen gehörte. Und Alicia hatte nicht abgesagt. Jetzt war sie da, und sie blieb sogar. Sie blieb vielleicht wegen Deborah.

Lilian und ihr Mann Dominik schlossen sich den Bleibenden an. «Astrid und Chantal haben uns angeboten, dass wir hier übernachten können», erklärte Lilian, «das werden wir tun. Schliesslich bin ich die Trauzeugin Chantals, und Dominik ist ihr Bruder. Wir wollen das Brautpaar jetzt nicht allein lassen. Und wir wollen beim Aufräumen helfen. Ihr müsst nicht alles allein machen», sagte sie zu Debbie und Tim.

Valentin, Chantals Cousin, und seine Freundin Seraina wollten ebenfalls noch nicht heimgehen. «Zu den Privilegierten, die hier übernachten dürfen, gehören auch wir», sagte er mit einem Seitenblick zu seiner Freundin, «und wir danken dem Brautpaar, dass sie uns das ermöglichen. Deshalb wollen auch wir nicht heimgehen. Wir möchten morgen hier aufwachen, wie wir es uns gewünscht haben. Polizei hin oder her. Und sollte sie wirklich kommen, verstecken wir uns.» Theatralisch hielt er seinen Schal vors Gesicht.

«Sonst noch jemand, der bleiben möchte?» fragte Luc in die Runde. «Das heisst, dass alle anderen gehen wollen? Dann braucht es keine Abstimmung mehr, dann verlassen wir alle das Haus, so schnell wir nur können.»

«Moment», rief ich, um Ruhe bittend, «für grosse Reden bleibt keine Zeit mehr, ich weiss, aber ich möchte zum Schluss einen Dank aussprechen – einen Dank an euch alle, liebe Gäste, dass ihr der Einladung des Brautpaars gefolgt seid und euch von der Illegalität dieser Hochzeit nicht habt abschrecken lassen. Und ich meine damit ausdrücklich alle Gäste», betonte ich und bezog auch Chantals Eltern mit ein, indem ich ihnen ausdrücklich zunickte.

«Hierher zu kommen, hat Mut gebraucht», fuhr ich fort, «aber gerade dadurch habt ihr alle Astrid und Chantal bewiesen, wie echt eure Freundschaft zu ihnen ist. Ich danke euch für euer Dabeisein beim Trauritual, für euer Dabeisein nicht nur mit den Augen und Ohren, sondern auch hier» – ich legte meine Hand auf mein Herz – «mit dem Herzen.»

Erneut meine Stimme erhebend, ergänzte ich: «Ich glaube, wir alle wünschen den Hierbleibenden und natürlich besonders dem Brautpaar, dass der Abend ohne grössere Komplikationen zu Ende geht. Aber ich bin sicher, es wird der Polizei nicht gelingen» –

ich schaute zu Astrid und Chantal – «euch die gute Laune zu nehmen. Und solltet ihr oder Debbie und Tim eine Busse kassieren, dann übernehmen wir diese Busse, ganz klar. Wir alle.»

«Kann ich das so versprechen?» fragte ich in die Runde. Ein allgemeines, von Klatschen begleitetes «Ja!» bekräftigte meine Worte.

«Dann wünsche ich uns allen einen möglichst corona– und polizei–freien Heimweg!» beendete ich mein Schlusswort, obwohl kaum jemand noch wirklich zuhörte. Der Aufbruch der Hochzeitsgesellschaft hatte begonnen. Die ersten Gäste erhoben sich, alle anderen folgten, Stimmengewirr und Stühlerücken erfüllte den Raum. Während die Gäste im Vorraum und in den Toiletten ihre festlichen Kleider wieder mit ihren Wanderoutfits vertauschten, begannen jene, die blieben, mit Aufräumen. Sie trugen die Tische und Stühle, die für die Trauung beiseite geräumt und zusammengeklappt worden waren, ins Freie und stapelten sie im Lieferwagen, den Tim direkt vor das Schulhaus fuhr.

Als das Fahrzeug bis an die Decke gefüllt war, wurde alles, was nicht mehr hineinpasste, hinter dem Haus und im Keller verstaut: die Wärmeboxen, die Deko, die Blumenarrangements, das Geschirr und die Gläser. Einer der Gäste, der in der gleichen Gemeinde wohnte wie Tim, übernahm es, den Wagen zurückzufahren und zuhause bei Tim zu parkieren.

«Und was machen wir mit der Hochzeitstorte? Mit dem ganzen Dessert?» Lilian rief es mitten in die Aufbruchstimmung hinein, und die Antwort war ein allgemeines Bedauern, ein «Oh, wie schade!» und «Ausgerechnet die Hochzeitstorte!»

«Wir liefern der Polizei eine Tortenschlacht», schlug Valentin vor, doch das Gelächter über den Spruch hielt nicht lange an. Denn allen wurde wieder bewusst: Die Trauung konnte zwar durchgeführt werden – aber das Fest war zu Ende, bevor es richtig begonnen hatte.

Pablo, der Gast, der den Lieferwagen für Tim zurückfuhr, machte dem Brautpaar das Angebot, die Kühlboxen mit der Torte und mit den Desserts ebenfalls mitzunehmen. Er machte den Vorschlag, dass er am Sonntag von Haus zu Haus fahren und allen Gästen je ein Stück Torte mitbringen könnte. «Einen Hochzeitstortenhauslieferdienst» nannte er seine Idee, und alle, die sein Angebot mitbekamen, begrüssten es. Astrid und Chantal dankten Pablo, denn sie hätten sonst nicht gewusst, wohin mit der Torte und den ganzen Desserts.

«Aber den besten Teil der Hochzeitstorte behalten wir», meinte Astrid zu Chantal und Debbie, «und wenn alle gegangen sind, schneiden wir sie für uns an. Nur für uns!»

«Das wäre ein Grund für mich, um zu bleiben», sagte ich, als ich in diesem Moment auf sie zutrat. «Ihr müsst wissen, ich liebe Süsses. Aber eigentlich bin ich gekommen, um mich zu verabschieden. Ich kann verstehen, dass ihr hierbleiben wollt, ich glaube, ich würde genau so handeln. Am Ende der Hochzeit nach Hause zu gehen, einfach so, zurück in den Alltag, das wäre doch irgendwie traurig. Aber ist es ok, wenn ich gehe? Ihr seid ja nicht allein, ihr habt Debbie und Tim und die andern, die euch Gesellschaft leisten. Und wenn die Polizei wiederkommt, findet ihr schon die richtigen Worte. Da braucht es mich nicht mehr.»

«Die Polizei soll nur kommen», erwiderte Astrid kämpferisch, doch dann hatte sie das Bedürfnis, sich bei mir zu bedanken.

«Ohne dich», sagte sie und schaute mich ernsthaft an, «wäre das alles heute Abend nicht möglich geworden. Du hast uns von Anfang an Mut gemacht. Wir melden uns noch, sicher nicht morgen, aber bestimmt nächste Woche. Und da du auch auf der Liste der Gäste bist, hat Pablo deine Adresse. Er wird auch dir ein Stück Torte bringen. Und ganz viel Dessert.»

«Ja, ganz viel Dessert», fügte Chantal hinzu, und auch sie drückte mir ihre Dankbarkeit aus. «War es schlimm, zwei Frauen zu trauen?» fragte sie dann. Ihre Augen lachten, als sie das sagte, und sie sah mich herausfordernd an.

«Sehr schlimm», erklärte ich, ihr Lachen erwidernd. «Nein, im Ernst. Aussergewöhnlich an dieser Trauung war, dass sie illegal war. Das habe ich bisher noch nie erlebt. Abgesehen davon jedoch war es eine Trauung wie jede andere. Mir wurde bewusst, mehr denn je, dass ich Menschen traue. Zwei Menschen, die sich lieben und zusammen durchs Leben gehen wollen. Zwei Menschen wie ihr.»

Chantal trat auf mich zu und umarmte mich. Sie drückte mich richtig an sich, und ich wusste warum:

Nicht nur wegen der Trauung selbst, sondern auch, weil ihre Eltern gekommen waren. Darüber war sie besonders glücklich. Und dass ich vielleicht dazu beitragen konnte, stimmte auch mich zufrieden.

Astrid umarmte mich ebenso herzlich, Worte des Abschieds wurden getauscht, dann war es höchste Zeit, den Ort des Geschehens zu verlassen. Ich dankte Debbie und Tim für die Gastfreundschaft in ihrem einzigartigen Schulhaus, um das ich sie richtig beneidete – und gesellte mich dann zu Christian und Salome, die auf mich warteten. Wir traten zur Tür hinaus in die wunderbar kühlende Frühlingsnacht und eilten vor dem langen Arm des Gesetzes davon.

Dritter Teil

Alle, die noch geblieben sind, haben mitgeholfen, auch Astrid und Chantal, obwohl ihnen Debbie ständig von neuem befehlen wollte, selber nicht Hand anzulegen. Aber Astrid hat nicht tatenlos zusehen wollen, wie die anderen im Haus herumrennen, und auch Chantal hat – noch immer im Hochzeitskleid – ein paar Kisten geschleppt. Jetzt sind sämtliche Sachen, bei denen Verdacht geschöpft werden könnte, aufgeräumt oder versteckt. Die Polizei müsste das Haus schon sehr genau durchsuchen, um auf festliche Spuren zu stossen.

In der leer gefegten Küche steht bloss noch eine einzige Kühlbox, in der sich der oberste Teil der Hochzeitstorte befindet. Und während sich nun die geköpfte Torte von Pablo, dem Hochzeitstortenhauslieferanten, ins Tal hinunter gefahren wird, wartet ihr bestes Stück darauf, von den im Schulhaus Gebliebenen gegessen zu werden.

Sie setzen sich um den grossen Tisch, der in einer Ecke des Schulzimmers steht, und Lilian bringt das Kopfstück der Torte auf einer Kuchenplatte herein. Eine Kollegin von Debbie, die den Beruf der Konditorin lernte, hat das Hochzeitsdessert gestaltet. Doch ausser Debbie und Lilian hat die süsse Versuchung noch niemand gesehen – auch das Brautpaar nicht.

Alle bewundern die beiden Frauenfigürchen aus Marzipan, die Händchen haltend auf dem mit schwarzen Kirschen verzierten Podest stehen. Mit ihren kajalumrandeten Augen und dem knöchellangen, die Figur betonenden Kleid sehen sie aus wie Ägypterinnen. Die mit dem dunklen Haar scheint Astrid zu sein, die mit dem hellen Haar Chantal. Sie haben die gleiche hohe Statur und blicken einander an.

«Das sind wir, Astrid», sagt Chantal, während sie das fragile Kunstwerk aus Rahm und Mokka mit ihrem Handy abknipst. «Wir sind genau gleich gross. Keine steht über der andern.»

Auch Astrid anerkennt, wie gelungen und kunstvoll die beiden Figürchen sind, und sie möchte sie weder zerstören noch aufessen.

«Ein so enges Gewand würde ich aber niemals tragen», kommentiert sie die Mode der beiden Ägypterinnen.

Chantal sendet Astrid ein neckisches Lächeln. «Auch das Kleid, das du heute trägst – morgen verschwindet es wieder im Schrank. Eigentlich schade. Es steht dir!»

Alle am Tisch Sitzenden haben ihre festliche Kleidung anbehalten. Als sich Debbie fürs Aufräumen umziehen wollte, konnte Chantal sie davon abhalten.

«Willst du dich jetzt schon umziehen?» fragte sie Debbie. «Ich möchte so gern, dass die Hochzeit noch nicht zu Ende ist – auch wenn schon alle gegangen sind. Aber wir sind noch da, und bis die Polizei kommt, will ich noch feiern.»

Ihrer Freundin zuliebe verzichtet Debbie darauf, wieder in ihre Jeans zu schlüpfen. Aber eigentlich ist es ihr recht, denn sie will auch Alicia gefallen. Alicia sitzt neben ihr, als wären sie schon ein Paar. Das sind sie noch gar nicht, aber Deborah denkt an nichts anderes mehr. Das hat sie Chantal verraten.

Nur ganz kurz zwischendurch fällt ihr ein, dass die Polizei jeden Augenblick vor der Tür stehen kann. Sie als Hausbesitzerin müsste dann Rede und Antwort stehen, aber das kümmert sie nicht besonders. Wie der Abend mit Alicia zu Ende gehen wird, beschäftigt sie mehr.

Lilian übergibt dem Brautpaar mit feierlicher Geste ein Messer, und Astrid schneidet das Haupt der Torte in einzelne Stücke. Sie geht behutsam vor, um die zierlichen Marzipanfrauen auf dem Podest in der Mitte nicht zu verletzen.

In diesem Augenblick läutet das Handy von Tim. Die Runde am Tisch verstummt und Astrid unterbricht das Verteilen der Tortenstücke. Alle sind gespannt, wer es ist.

Doch Tim gibt Entwarnung. Pablo, der den Lieferwagen zurückfährt, berichtet, dass er die Strasse, die vom Schulhaus hinunter ins Tal führt, ohne Zwischenfall hinter sich habe. Polizeiautos habe er keine gesehen, und er befinde sich bereits auf der Hauptstrasse.

Aber noch während Tim telefoniert, beginnt Bravo wieder zu bellen. Als er einen Augenblick Ruhe gibt, ist ein Fahrzeug zu hören, das sich dem Haus auf der

Zufahrt nähert. Alle halten den Atem an, und Astrid vergisst, dass sie die Tortenschaufel in ihrer Hand hält. Sie stösst mit der Schaufel an die beiden Figürchen, so dass diese rettungslos umkippen.

Die neun Gebliebenen haben rechtzeitig vorher gemeinsam besprochen, was sie tun werden, wenn die Polizei kommt. In der Hoffnung, dass das Haus nicht durchsucht wird, sollen sich Astrid und Chantal, Lilian und Dominik, Valentin und Seraina in die drei Zimmer im oberen Stock zurückziehen. Nur Debbie, Tim und Alicia sollen im Erdgeschoss bleiben – und genau das geschieht jetzt.

Überstürzt wird der Tisch abgeräumt, und eilig werden die Tortenstücke, die schon verteilt worden sind, wieder auf die Kuchenplatte geschoben. Lilian stellt die Platte zurück in die Kühlbox, dann eilt sie mit Dominik in den oberen Stock. Ihre Taschen und Kleider haben sie ebenso wie die anderen beiden Paare schon vorher nach oben gebracht.

Als Letzte steigen Valentin und Seraina die Treppe hinauf, merken glücklicherweise aber schon auf der ersten Stufe, dass sie leise sein müssen. Astrid und Chantal, die bereits oben sind, sitzen angespannt, Hand in Hand am Rande des vorderen Bettes, das direkt bei der Tür steht. Ihre Kammer ist die erste neben der nach unten führenden Treppe, und weil sie die Tür einen Spalt weit offen gelassen haben, hören sie jedes Wort, das unten gesprochen wird.

«Was machen wir, wenn Bravo uns sucht?» flüstert Chantal ihrer Liebsten leise ins Ohr. «Irgendwann hört er auf zu bellen. Dann merkt er, dass wir nicht bei ihm sind.»

«Ich habe Debbie gesagt, dass sie ihn festhalten soll», flüstert Astrid zurück, «und weil ich die Leine nicht fand, hat sie ein Verlängerungskabel genommen.» Sie küsst Chantal zärtlich ins Ohr. Dann verstummen beide, denn unten wird an die Haustür geklopft. Es ist ein Klopfen, aber kein Poltern.

«Das sind aber anständige Polizisten», wispert Astrid in Chantals Ohr.

Chantal wehrt sie mit der Hand ab. «Psst! Und hör' auf mich zu küssen! Ich muss sonst lachen!»

Sie hören, wie Debbie den Schlüssel im Schloss dreht. Dann macht sie die Tür auf. Beruhigend redet sie auf Bravo ein, bis dieser sein Gebell einstellt.

«Danke und guten Abend», hören Astrid und Chantal den Polizisten am Eingang. «Wie ich dem Herrn bei unserem ersten Besuch schon erklärte, haben wir einen Hinweis bekommen, dass hier eine unerlaubte Versammlung stattfindet. Dürfen wir hereinkommen?»

«Die Person, die Sie erwähnen», hören sie Debbie mit ihrer kecken Selbstsicherheit antworten, «sagte Ihnen doch schon, Herr...?»

Der Polizist räuspert sich. «Borner, mein Name ist Borner – und Ihr Name bitte?»

«Deborah Bischof», antwortet Debbie, «ich bin die Hausbesitzerin. Ich und mein Bruder.»

«Tim Bischof», stellt sich ihr Bruder vor. In seiner Stimme schwingt so etwas wie Trotz mit. Jugendlicher Trotz vor Männern in Uniform.

«Dann bin ich ja richtig bei Ihnen beiden», erwidert der Polizist, «und Sie können uns jetzt hereinlassen. Ist das gut so?»

«Wie man Ihnen bereits gesagt hat: Ohne Durchsuchungsbefehl haben Sie kein Recht, unser Haus zu betreten.»

«Noch bis vor kurzem, Frau Bischof, hätten Sie tatsächlich recht gehabt», entgegnet Borner verständnisvoll, «aber seit einigen Wochen, im Zusammenhang mit der Bekämpfung des Coronavirus besitzen wir diese Kompetenz. Ich erkläre es Ihnen und Ihrem Bruder gern: Das Recht, Ihr Haus zu durchsuchen, müssen wir zwar bei der Staatsanwaltschaft mündlich erfragen, aber die mündliche Erlaubnis genügt. Wir müssen Ihnen nichts Schriftliches zeigen. Das alles natürlich nur bei dringendem Tatverdacht. Ob das der Fall ist, werden wir sehen.»

Er macht eine Pause. «Tut mir leid, Sie müssen uns jetzt die Tür öffnen. Wenn Sie nichts zu verbergen haben, dürfte das kein Problem für Sie sein.»

«Und wenn der Hinweis, den Sie bekommen haben, erfunden war?» versucht es Deborah noch einmal. «Wir haben da einen Nachbarn, der uns nicht mag, und ich bin sicher, dass er es war, der die Polizei auf uns hetzen wollte. Da hat er Ihnen einfach eine Geschichte erzählt. Wie Sie sehen, ist alles ruhig. Der Mann, der Ihnen vor einer Stunde die Tür öffnete, war mein Vater. Er war hier, aber er ist zusammen mit meiner Mutter nach Hause gefahren.»

Astrid und Chantal schauen sich verblüfft an, und Astrid hält sich die Hand vor den Mund, um nicht loszulachen. Das hätten sie Debbie bei aller Frechheit nicht zugetraut, dass sie Astrids Eltern als ihre eigenen ausgibt.

«Ihre Eltern sind nach Hause gefahren?», wundert sich der Beamte. Man hört seiner Stimme an, dass er Deborah kein Wort glaubt. «Vor einer Stunde standen aber noch drei Autos hier. Und eines davon war ein Lieferwagen.»

«Das war ein Kollege, der kurz vorbeikam», kontert Debbie schlagfertig. «Der hat kein anderes Auto. Ich frage ihn jedesmal, warum er immer mit seinem Lieferwagen-Ungetüm in der Gegend herumfährt.» Und schnell fährt sie fort: «Mit ihm zusammen waren wir eine Weile lang 6 Personen, das gebe ich zu. Eine zuviel. Bekommen wir dafür eine Busse?»

Astrid und Chantal hören, wie der Beamte, statt einer weiteren Antwort, die Tür aufschiebt. Offenbar will er Debbie zur Seite drängen. Astrid und Chantal hören die Schritte und Stimmen weiterer Männer.

«Ich sage Ihnen jetzt etwas, Frau Bischof», erklärt der Beamte, der Borner heisst. Er bleibt vor Deborah stehen, aber sein Ton ist schärfer geworden. «Wir machen hier kein Theater. Auf der Zufahrt zu Ihrem Haus haben wir diesen Zettel gefunden.»

Er unterbricht seine Beweisführung einen Moment und liest dann vor: «*Wegbeschreibung zur Hochzeit von Astrid und Chantal.* Und da steht: *11. April.* Ich nehme nicht an, dass an dieser Hochzeit nur 6 Personen anwesend waren. Anscheinend hat uns Ihr Nachbar doch die Wahrheit gesagt.»

Astrid und Chantal schauen sich an, und Chantal hält sich vor Schreck die Hand vor den Mund.

«Da Sie offenbar das Recht haben, in unser Haus einzudringen, kann ich Sie nicht daran hindern», hören sie jetzt wieder Debbies Stimme. «Aber Sie werden keine Hochzeitsgesellschaft finden. Die Hochzeit hätte hier stattfinden sollen, das stimmt. Auch der 11. April stimmt. Alles war vorbereitet, und auch die Wegbeschreibung war schon gedruckt. Aber die Hochzeit musste abgesagt werden. Wegen des Lockdowns. Den Zettel da hat wahrscheinlich der Kollege verloren. Er brauchte ihn, um hierherzufinden.»

Astrid und Chantal staunen über Deborahs Schlagfertigkeit. «Die ist so frech!» flüstert Astrid bewundernd.

«Wir möchten jetzt gerne selbst überprüfen, ob Ihre Veranstaltung stattgefunden hat oder nicht.» Das Brautpaar hört, wie sich der Beamte mit seinen Kollegen gegen Debbies Protest an ihr vorbeidrängt. Den Stimmen nach zu urteilen, müssen es drei oder vier Polizisten sein. Eine der Stimmen gehört einer

Frau. Sie begrüsst nicht nur Deborah, sondern auch Tim und Alicia.

«Hier ist das ehemalige Schulzimmer», erklärt Debbies Bruder.

Offenbar fühlt auch er sich schon ein wenig als Hausbesitzer. Die Kommentare der Beamten, die sich im Schulzimmer umsehen, sind nicht zu verstehen. Debbies gereizte Stimme dagegen ist deutlicher hörbar. Auf eine Frage der Polizisten antwortet sie: «Die Vorhänge waren schon vorher da. Wir schliessen sie abends immer. Weil der Nachbar sonst im Vorbeigehen hereinglotzt.»

«Was machen wir, wenn sie auch in den ersten Stock kommen?», flüstert jetzt Chantal beunruhigt. «Sie durchsuchen bestimmt auch den ersten Stock! Dann entdecken sie uns. Uns und die andern. Aber ich möchte nicht, dass sie uns finden!»

«Ich auch nicht», flüstert Astrid zurück. «Aber was können wir tun? Aus dem Fenster springen können wir nicht. Das ist viel zu hoch. Unters Bett kriechen können wir auch nicht, da entdecken sie uns sofort.»

«Wir halten die Hand vor die Augen und sagen: Ihr seht uns nicht!»

Chantal hält sich erneut die Hand vor den Mund, diesmal, um nicht lachen zu müssen. Auch Astrid muss sich beherrschen. Wie Schulmädchen kichern sie in die vorgehaltene Hand.

Dann wird Astrid wieder ganz ernst. «Wir sitzen ausweglos in der Falle. Aber was können sie uns schon machen. Unsere Hochzeitsnacht lassen wir uns von ihnen nicht nehmen.» Sie küsst ihre Liebste, bedeckt sie mit leisen Küssen und streicht ihr liebevoll übers Haar.

Doch auch Chantals Miene wird ernst. Und ein wenig traurig meint sie: «Das Ende dieses Abends habe ich mir schon etwas anders vorgestellt.»

Sie hat den Satz kaum zu Ende gesprochen, als sie unten einen der Polizisten provozierend fragen hören: «Und was soll das hier?» Er scheint einen Deckel zu öffnen und konstatiert: «Ich würde sagen: Der Überrest einer Hochzeitstorte.»

«Und Sie, Frau Bischof», sagt der Beamte, der Borner heisst und jetzt in den Vorraum zurückgekehrt ist, «wollen uns weismachen, dass heute Abend hier keine Hochzeit stattfand? Sie glaubten, Sie hätten Glück, als wir notfallmässig abrücken mussten. So konnten Sie alles wegschaffen, und auch die Gäste, nehme ich an, sind gegangen. Aber alles, was der Zeuge gesehen hat, und alles, was wir hier vorfinden, spricht dafür, dass in diesem Haus eine grössere Feier veranstaltet wurde. Und grössere Feiern sind zurzeit nicht erlaubt. Das wissen Sie.»

«Wie ich Ihnen schon sagte», erwidert Deborah ungerührt, «wurde die Hochzeit abgesagt. Und die Torte – oder was davon übrig blieb – ist keine Hochzeitstorte, sondern die Torte zur Feier unserer Liebe. Sie ist mein Geschenk an Alicia.» Mit diesen Worten nimmt sie demonstrativ die Hand ihrer Freundin, drückt sie fest und schaut Alicia sehr verliebt an.

«Debbie hat recht», bestätigt Alicia, «sie hat mir diese wunderbare Torte als Zeichen ihrer Liebe zu meinem Geburtstag geschenkt. Ich habe am Montag Geburtstag. Die beiden umgekippten Figürchen, die Sie da sehen – das sind wir.»

Wieder schauen sich einen Stock höher Astrid und Chantal beeindruckt an. «Unglaublich, diese Debbie», flüstert Astrid fast tonlos, «jetzt benützt sie die Hochzeitstorte sogar, um Alicia ein Liebesgeständnis zu machen. Und Alicia macht mit!»

«Eine Geburtstagstorte», stellt Borner fest. Er redet mit Debbie, wie wenn er ihr Vater wäre und sie beim Lügen ertappt hat. Kurzentschlossen entscheidet er: «Jessi und Patrick, schaut euch den ersten Stock an.»

Chantal ergreift wieder Astrids Hand und drückt sie ganz fest. «Was machen wir jetzt?»

Anstelle einer Antwort legt Astrid beschützend den Arm um Chantal und zieht sie an sich. Regungslos sitzen sie da und hören die Frau und den Mann auf der Treppe. Oben angekommen bleiben die beiden stehen, und der Beamte, der Patrick heisst, sagt zu seiner Kollegin: «Ich schaue links und du rechts, ok?»

Links sind die Stube, das Bad und die Küche der ehemaligen Lehrerwohnung, rechts befinden sich die drei Kammern, und in jeder Kammer sitzt jetzt ein Paar auf dem Bettrand und hofft, vielleicht doch nicht entdeckt zu werden. Doch die Beamtin, die Jessica heisst, wendet sich den drei Kammern zu und beginnt mit der ersten. Mit einer leichten Handbewegung stösst sie die Tür auf, die nur angelehnt ist – und sieht zwei Frauengestalten, die sie unsicher anstarren. Ihre Gesichter sind nur vom Licht des Ganges beleuchtet, doch Astrid erkennt die Polizistin sofort.

Auch Jessica sieht, dass es Astrid ist und will etwas sagen, doch reaktionsschnell legt Astrid den Finger an ihren Mund und flüstert:

«Hi Jessi – bitte verrate uns nicht!»

Die Angesprochene steht in voller Montur vor dem Brautpaar, und eigentlich müsste sie als Polizistin keine Rücksichten nehmen. Doch sie erfasst sofort die Situation. Astrid, ihre frühere Gegnerin im Beachvolleyball, mit der sie so viele Kämpfe austrug – Astrid hat offensichtlich geheiratet, und sie hat eine Frau geheiratet, die in einem schicken Kleid neben ihr sitzt.

Für einen kurzen Moment scheint die Polizistin, die Jessica heisst, ihre Rolle als Gesetzeshüterin zu vergessen. Interessiert schaut sie das Brautpaar an und flüstert, begleitet von einem Grinsen, das die Spannung für eine Sekunde entschärft:

«Also doch eine Hochzeit!»

Sie hätte bereits etwas merken können, als sie die Wegbeschreibung zu lesen bekam, die ihr Kollege gefunden hatte. Aber sie brachte den Namen, der darauf stand, nicht in einen Zusammenhang mit derjenigen Astrid, die sie von der gemeinsamen Zeit auf den Volleyballfeldern kannte. Sie konnte vor allem nicht wissen, dass Astrid, die damals noch einen Freund hatte, auf Frauen stand.

Doch dieselbe Astrid hält jetzt die Frau, die Chantal heisst, in Liebe umklammert und flüstert noch einmal: «Bitte Jessi – du hast nichts gesehen!»

Jessica zögert einen Moment. Die Polizistin in ihr ringt mit der früheren Sportkameradin.

«Sind hier oben noch mehr Personen?» fragt sie dann leise, immer noch unentschlossen.

Astrid zeigt die Zahl 4 mit der Hand. «Mehr nicht», flüstert sie.

Jessicas Blick wandert zwischen den beiden Frauen nervös hin und her. Chantal, die Hoffnung schöpft, schaut die Uniformierte bittend an. In ihren Augen sammeln sich Tränen. Es kommt ihr so vor, als habe es Jessica in der Hand, die Hochzeit zu retten oder kaputtzumachen.

Jessi sieht die Tränen in den Augen der Braut. Sie erleichtern es ihr, sich zu entscheiden. «Ok», flüstert sie, «aber seid still!» Nach diesen Worten zieht sie die Tür leise zu und begibt sich wieder zur Treppe, wo in diesem Augenblick auch ihr Kollege erscheint.

«Und?» will er wissen, «sind da noch weitere Leute?»

«Niemand.» Sie schüttelt bedauernd den Kopf. Dann fragt sie schnell: «Und bei dir?»

Der Beamte, der Patrick heisst, zuckt die Achseln. «Alles ruhig. Keinerlei Anhaltspunkte. Ich habe zu den Fenstern hinausgeschaut, aber auch hinter dem Haus war nichts zu entdecken. Wir können nachher noch die Umgebung näher begutachten. Aber es dürfte schwierig sein, etwas beweisen zu wollen.»

«Lass' uns wieder hinuntergehen, zu den andern», sagt Jessi. Sie hat es plötzlich sehr eilig, und Patrick will ihr gerade folgen, als in einer der Kammern ein Gegenstand unüberhörbar zu Boden fällt. Ein unterdrücktes Lachen tönt aus dem Zimmer.

«Da ist offenbar doch jemand.» Patrick wird hellhörig. Er schaut seine Kollegin misstrauisch an und will selber zum Rechten sehen. Doch Jessica versperrt ihm den Weg.

«Bist du verrückt?» Er will Jessi zur Seite schieben, doch sie lässt ihn nicht durch. Stattdessen sagt sie im Flüsterton:

«Ja, es sind Leute da, aber eine der Frauen kenne ich. Sie ist die Braut, und ich will ihr nicht die Hochzeit verderben. Ich weiss, das geht gar nicht, aber sie ist eine Freundin von mir. Bitte mach' mit. Ich verlange so etwas nie wieder von dir.»

Patrick blickt sie entgeistert an. «Das kannst du nicht von mir wollen. Das kann uns den Job kosten.» Er versucht erneut, sie beiseite zu drängen, doch Jessi hält ihn hartnäckig fest. Es scheint ihr auf einmal ganz wichtig zu sein, die beiden Frauen zu schützen.

Astrid und Chantal hören der Auseinandersetzung atemlos zu. Dank der nicht ganz geschlossenen Türe verstehen sie jedes Wort. Vor allem Astrid kann fast nicht glauben, wie sich ihre ehemalige erbitterte Gegnerin für sie einsetzt.

«Bitte mach' mit», wiederholt jetzt Jessi verschwörerisch. Als ihr Kollege ernsthaft versucht, sich aus ihrem Griff zu befreien, kommt sie mit ihrem Gesicht ganz nah an das seine und flüstert fast tonlos:

«Du weisst, ich hab' dir geholfen, als ich deine Frau damals anlog. Ich hab' es gemacht, obwohl es mir ziemlich zuwider war. Jetzt hilfst du mir.»

Sogleich weicht ihr Kollege zurück. Er hat sie verstanden. «Ist gut», sagt er dann und wirft ihr einen grimmigen Blick zu, «ich tu's. Dann sind wir quitt. Wir haben niemanden angetroffen.»

Jessica lässt ihn los und raunt ihm ein Danke zu. Dann begeben sie sich wieder nach unten, und Astrid und Chantal hören, wie die Polizistin verkündet: «Oben ist niemand. Keine Spuren von einer Hochzeit.»

«Genau», sagt auch Patrick, «alle sind offenbar ausgeflogen. Anders kann es nicht sein. Schwein gehabt.»

Während unten für einen Moment etwas Unentschlossenheit herrscht, halten sich Astrid und Chantal umarmt. Sie umklammern sich vor Erleichterung und vor Glück. Was Jessica ihrem Kollegen zuflüsterte, haben sie nicht verstanden. Aber das kümmert sie nicht. Offenbar hat es gewirkt, und er hat mitgemacht.

«Sehen Sie», vernehmen sie Debbies Stimme, «wir haben nichts Illegales gemacht.» Ein gewisses Frohlocken in ihren Worten ist unüberhörbar. Auch Borner entgeht es nicht.

«Sie wissen so gut wie ich, Frau Bischof, dass hier drin nicht alle die Wahrheit sagen. Das ist zu bedauern. In der gegenwärtigen schwierigen Situation müssen alle am gleichen Strang ziehen. Nur so kann diese Pandemie überwunden werden.»

Er macht eine kurze Pause, um seinen Worten mehr Gewicht zu verleihen. «Aber ich glaube, wir haben genug gesehen», stellt er abschliessend fest. «Sie werden von uns hören, Frau Bischof. Darf ich Sie bitten» – und damit wendet er sich auch an Tim und Alicia – «uns noch Ihre Personalien anzugeben.»

Minuten später ziehen die Polizisten ab. Sie wünschen «Gute Nacht», und die schwere Schulhaustür fällt ins Schloss.

Debbie ist die erste, die den Bann bricht. Kaum verstummt das Motorengeräusch des Polizeiautos in der Nacht, jubelt sie los.

«Sie sind alle vier eingestiegen. Ich hab' ihnen nachgeschaut. Sie sind weg! Sie sind wirklich gegangen!»

Und sie ruft in den oberen Stock: «Ich glaube, die sind wir los. Ihr könnt herunterkommen!»

Der Besuch der Polizei hat sie in ihrer Rolle als Hausbesitzerin richtig aufblühen lassen. Wie sie Borner gekontert hat, war beeindruckend. Astrid und Chantal werden ihr tausendmal danken. Doch die beiden stehen in ihrer Kammer, immer noch eng umschlungen, und diesmal ist es nicht Chantal, sondern die starke Astrid, die mit den Tränen kämpft.

«Woher kennst du sie?» hat Chantal gefragt, doch Astrid hat nur geschluchzt, so durcheinander und so betroffen ist sie von dem, was eben geschehen ist. Chantal fragt noch einmal, und jetzt schafft es Astrid, zu antworten:

«Ich kenne sie vom Beachvolleyball. Sie war die härteste Gegnerin, und wir spielten immer wieder gegeneinander. Das eine Mal gewann sie, dann wieder wir, Doris und ich. Du weisst schon – Doris, meine letzte Teampartnerin. Es war ein ständiges Kopf an Kopf–Rennen. Und dann gab es einmal einen Final, einen nationalen Final. Da haben Doris und ich sie geschlagen, ganz knapp. Doch die Schiedsrichterin fällte einen Entscheid, der in den Augen Jessicas falsch war. Deshalb hat sie uns den Sieg nicht gegönnt. Das hat sie jedenfalls zu uns gesagt. Danach verletzte ich mich und musste zurücktreten. Ich habe Jessica seither nie mehr gesehen. Doch ich habe sie sofort wiedererkannt.»

«Aber wenn sie dir damals den Sieg nicht gegönnt hat – warum hat sie uns dann geholfen? Einfach nur, weil sie nett sein wollte?» Chantal greift zu einem

Taschentuch und tupft ihrer Braut die Tränen weg. Als Astrid nicht antwortet, fragt sie noch einmal:

«Warum hat sie das getan? Warum setzt sie für uns ihren Job aufs Spiel?»

In Astrids Tränen stiehlt sich ein wissendes Lächeln. «Weil sie selber mit Frauen geht. Als sie damals gegen uns spielte, war ihre Teampartnerin ihre Freundin. Und jetzt sah sie mich mit dir. Vielleicht gefiel es ihr, dass wir heiraten. Vielleicht war das stärker als die Erinnerung an die Niederlage.»

Ihr Lächeln wird zu einem fröhlichen Grinsen. «Unsere Hochzeit ist gerettet, Chantal – jetzt verdirbt sie uns niemand mehr. Ich bin Jessi so dankbar. Ausgerechnet sie.»

Unterdessen ist Bewegung in den oberen Stock gekommen. Dominik, Lilian, Valentin und Seraina wagen sich aus ihren Kammern, Astrid und Chantal schliessen sich ihnen an, und zu sechst begeben sie sich nach unten, wo sie übermütig empfangen und ausgefragt werden, warum die Beamtin und der Beamte sie nicht entdeckt haben.

Im kühnen Glauben, dass die Polizei wirklich nicht mehr zurückkehren wird, setzen sich die Gebliebenen wieder zusammen, öffnen eine weitere Flasche Sekt, trinken auf die unerwartete Gunst der Stunde und auf das Wohl des glücklichen Brautpaars, das sein verrücktes Glück noch immer nicht ganz zu fassen vermag.

Es wird zwei Uhr morgens, bis sie alle gemeinsam beschliessen, die Runde aufzuheben und schlafen zu gehen. Nur Deborah und Alicia bleiben noch sitzen, weil sie schon ziemlich betrunken und unschlüssig sind, wieviel sie sich schon getrauen wollen.

Unterdessen ziehen sich die anderen Paare in ihre Kammern und Betten zurück, und auch Astrid und Chantal schliessen die Tür hinter sich. Ihrer Hochzeitsnacht steht nichts mehr im Wege, doch wie so vielen Paaren in dieser Nacht geht es auch ihnen: Eng umschlungen zwar, aber geschafft und todmüde schlafen sie ein. Neben ihrem Bett hat es sich Bravo bequem gemacht. Zusammengerollt liegt er da und manchmal zucken seine Pfoten im Schlaf.

Im alten Schulhaus kehrt Ruhe ein. Neun Ungehorsame, deren ganzer Ungehorsam darin bestand, eine Hochzeit gefeiert zu haben, träumen dem neuen Tag und dem Wiedererlangen der Freiheit entgegen.

Epilog

Bereits am folgenden Montag erhielt die Kantonspolizistin, die Jessica hiess, eine Dankesnachricht von Astrid und Chantal, verbunden mit der Einladung in ein Restaurant, sobald der Lockdown vorbei sein würde. Sie nahm die Einladung gerne an und gratulierte dem Brautpaar zur «verbotenen Hochzeit».

Das Feuer im Bauernhaus, das die Polizei dazu zwang, ihren Augenschein beim Alten Schulhaus ohne Verzögerung abzubrechen, konnte zwar schliesslich gelöscht werden, der entstandene Schaden jedoch war gross und für die Bauernfamilie kaum zu verkraften. Chantal fand eine Meldung darüber im Internet, und am Rande wurde erwähnt, eine Spendensammlung für die Familie sei angelaufen.

Es trafen viele Geldbeträge aus der nächsten Umgebung ein. Sie waren alle mit Namen gezeichnet. Die grösste Spende jedoch wurde anonym überwiesen.

Werke von Nicolas Lindt

Im Schulzimmer des Lebens

Geschichten
lindtbooks 2020
ISBN 978-3-7519-7988-7
«Nicolas Lindt überzeugt durch eine schnörkellose Sprache, die zugleich poetisch ist - und etwas vom Duft eines frisch gebackenen Brotes hat.»
Der Sonntag

Nur tote Fische schwimmen mit dem Strom

Geschichten & Reportagen aus dem Jahr der Zürcher «Bewegung»
Verlag edition 8, Zürich 2020
ISBN 978-3-85990-393-7
«Ein fesselndes Zeitdokument – und eine Inspiration für junge Bewegte von heute»

Von Schuld und Unschuld

Geschichten & Reportagen aus meiner Zeit als Gerichtskolumnist
edition fischer, Frankfurt 2016
ISBN 978-3-8645-5867-2
«Brillant geschriebene Stories»
Neue Luzerner Zeitung
«Nur zu selten findet sich interessiertes Publikum im Gerichtssaal ein – und das ist jammerschade. Vor Gericht findet das pure Leben statt, in allen erdenklichen Facetten: Davon berichtet Nicolas Lindt in seinem Buch.» NZZ

Vollmond über Weissbad

Liebesgeschichten
Verlag ZO Medien 2013
ISBN 978-3-85981-263-5
«Geschichten über die Liebe - über Augenblicke, die alles verändern»

Der Spieler von Zürich

Ein Bericht
Verlag ZO Medien, 4. Auflage 2019
ISBN 978-3-85981-243-7
«Schlicht 'einen Bericht' nennt Nicolas Lindt, was er hier über Milan und Sandra erzählt. Gleichwohl ist das Buch mehr. Es steht als Dokument für eine Generation, welche die Leichtigkeit des Seins nicht nur zum Motto gemacht hat, sondern sie wirklich lebt: von der Hand in den Mund, von heute auf morgen, ohne Perspektive.» Der Beobachter

Die Freiheit der Sternenberger

Reiseberichte & Dorfgeschichten
Verlag ZO Medien, 4. Auflage 2019
ISBN 978-3-85981-245-1
«Ganz offensichtlich wird der Autor ergriffen vom Ausserordentlichen im Leben von Menschen, vom Schicksal einer Landschaft, eines Dorfes - und seine Ergriffenheit äussert sich in einer Anteilnahme, die völlig unpathetisch ist.» Zürichsee-Zeitung

Der Tag, an dem ich beschloss, mich zu ändern

Der Roman eines Tages
Verlag ZO Medien, 2008
ISBN 978-3-85981-235-2
«Glänzend und flüssig geschrieben» Tages-Anzeiger

Aus heiterem Himmel

Erzählungen
Janus Verlag Basel 1997
ISBN 3-7185-0160-0
«Was die Geschichten von Nicolas Lindt auszeichnet, sind die lebendige Schilderung, eine unbekümmert ehrliche Haltung und eine ernsthafte Suche nach dem, was den Sinn der menschlichen Biografie bestimmen könnte.» NZZ

*Alle Bücher sind erhältlich auf Bestellung im Buchhandel oder bei **www.zo-shop.ch***

Nicolas Lindt war Musikjournalist, Tagesschau-Reporter und Gerichtskolumnist, bevor er in seinen Büchern wahre Geschichten zu erzählen begann. In seinem zweiten Beruf gestaltet er freie Trauungen, Taufen und Abdankungen. Der Autor lebt mit seiner Familie in Wald und Segnas.

www.nicolaslindt.ch

*Wirklich Mensch sein
können wir nur
wenn wir frei sind*